日和
hiyori

让阅读成为日常

经历晚年的孩子

〔日〕山田咏美 ◎著

吕灵芝 ◎译

湖南文艺出版社·长沙

图书在版编目（CIP）数据

经历晚年的孩子 /（日）山田咏美著；吕灵芝译. 长沙：湖南文艺出版社，2025.6. --（日和）.
ISBN 978-7-5726-2189-5

Ⅰ. I313.45
中国国家版本馆CIP数据核字第2024L1P890号

著作权合同图字：18-2023-079

《BANNEN NO KODOMO》
©Amy Yamada,1994
All rights reserved.
Original Japanese edition published by KODANSHA LTD.
Publication rights for Simplified Chinese character edition arranged with KODANSHA LTD.
through KODANSHA BEIJING CULTURE LTD. Beijing, China
本书由日本讲谈社正式授权，版权所有，未经书面同意，不得以任何方式做全面或局部翻印、仿制或转载。

方外 utopia ｜ 日和 hiyori

经历晚年的孩子
JINGLI WANNIAN DE HAIZI

著　者：〔日〕山田咏美		译　者：吕灵芝	
出 版 人：陈新文		责任编辑：夏必玄　陈志宏	
责任校对：艾　宁	封面设计：少　少	内文排版：玉书美书	
出版发行：湖南文艺出版社			
（长沙市雨花区东二环一段508号　邮编：410014）			
印　　刷：长沙新湘诚印刷有限公司			
开　　本：710mm×1000mm　1/32		印　张：6.75　　字　数：66千字	
版　　次：2025年6月第1版		印　次：2025年6月第1次印刷	
书　　号：ISBN 978-7-5726-2189-5		定　价：39.80元	

版权所有，侵权必究

目 录

经历晚年的孩子 / 1

堤 坝 / 25

烟 花 / 53

桔 梗 / 79

海那边的孩子 / 105

迷 路 / 131

知 了 / 155

小鸡的眼睛 / 179

后 记 / 205

经历晚年的孩子

　　我曾经历过一次晚年。这样说也许会有人感到奇怪，不过我认为，那几个月只能用这句话来形容。每当我回想起来，都会产生这样的感慨。当时，我只有十岁，不知余生该如何度过。

　　一切的开端，是那年暑假，父母带着我去姨妈家做客。那年夏天很热，我很无聊。无聊总能教会我各种各样的事情。我定定地看着装着加冰凉茶的杯子外侧凝结出细小的水珠，然后逐渐融合变重，顺着杯壁流淌下来。天气实在太热了，那闷人的空气让我每一天都无比感伤。姨妈的家被树林环绕，我经常在林子里散步。我喜欢会喷粉末的蘑菇，喜欢触碰聚集在小河边的豆娘。我对那些东西的喜欢，绝不是出于孩子的好奇心。我只是无聊罢了。母亲就这么放任我自己玩耍，因为她忙着跟许久未见的姐姐聊天，根本顾不上我。父亲与姨丈也忙着下围棋，同样对我不管不顾。妹妹跟表妹热火朝天地玩着幼稚的游戏，将我排挤在外。我充分体验到了被所有人抛弃的感觉。其实，我有时还挺喜欢这种感觉的。换句话说，我是个有点古怪的小孩。

每当我想与活物接触，就去找姨妈家养的小狗千吕。当然，我不会跟狗玩儿，只是看着它摇尾巴，在拴着它的小院里毫无意义地来回跑动。

它也知道我并非那种爱犬人士,从来不对我撒娇。因为天气热,它总是吐着舌头呼哧喘气,看起来很不高兴。我猜,千吕应该有很多讨厌的东西。就这样,我经常捧着一杯麦茶,看着它打发时间。

一天,我照旧去找千吕,却发现它正在吃饭。它看都不看我一眼,专心致志地吃着我们中午剩下的咖喱饭。看见那个场景的瞬间,不知为何,我心里对它产生了强烈的怜爱。对于这只被迫吃咖喱饭的狗,我产生了共鸣。

"千吕。"

我喊了它的名字。它像是完全听不到我的声音,大声咀嚼着食物。我穿上凉鞋下到院子里,走向正在吃饭的狗。它还是没有发现我。"千吕。"我又喊了一声。狗依旧不抬头。我蹲在千吕旁边,摸了摸它的头。它就这么被我摸着头,一心一意地吃着咖喱饭。突然,它停下进食的动作,抬起头,对上了我怜爱的目光。一瞬间的沉默。我试图向它微笑。它也咧开嘴,像是要用微笑来回应我。但是下一个瞬间,我的手就被咬了。我吓了一跳,跌坐在地,慌忙中用力抽出了被咬住的手。我怎么都想不到它会咬人,内心大为震惊,坐在地上不断向后躲闪。千吕只是瞥了我一眼,便低下头继续吃咖喱饭了。

我摇摇晃晃地站起身,捂着被咬的手走进屋子里。小心翼翼地松开手查看,只见手心被咬了两个洞,已经流血了。我咬着嘴唇,看向院子里的千吕。它已经吃完了咖喱饭,正舒舒服服地打哈欠呢。被咬的伤口越来越痛,我就这么看着它,痛得眼泪都出来了。我只觉得心里很难过,很寂寞,却无法痛恨一条狗。我下定决心,为了保护千吕，绝对不能把这件事说出去。因为我害怕它在这个家里待不下去。

我洗干净伤口，表现得像没事人一样。没有人知道我被千吕咬伤之后，受到了多么大的打击。他们都觉得我跟平时没什么两样，直到那天吃晚饭的时候。

母亲和姨妈准备晚饭时，我和妹妹们坐在一旁看漫画改编的动画片。故事讲述了少年忍者接连打败扑过来的敌人，踏上寻找重要之人的旅途。每天晚饭前，我们都要看这个动画片。

那天，少年忍者被狗咬了。我大吃一惊，眼睛死死盯着电视屏幕。忍者平安无事地走了半年，某日突然发起了疯。他一头扎进河里咕咚咕咚地喝水，接着四肢着地跑了起来，然后开始一会儿发冷一会儿发热。旁白平静地解释着忍者的行为。

原来他在经历了六个月的潜伏期后狂犬病发作，马上就要死了。

"看到了吗？被狗咬了会得狂犬病！"

妹妹大声喊道。我只觉得全身的血液变得冰凉。不知何时，我已经把被千吕咬伤的手藏在了桌子底下。

"妈妈，被狗咬了会得狂犬病死掉！"

妹妹再次朝着厨房里的母亲大喊一声。那个瞬间，我猛地扯住妹妹的头发，怒吼道：

"你吵死了！！"

妹妹哭了。其实我更想哭。母亲从厨房里跑了出来。

"怎么了，你们？"

"姐姐扯我头发。"

"你这个做姐姐的，怎么扯妹妹的头发！"

我再也忍不住,眼泪涌了出来。母亲和妹妹惊讶地看着我。因为我很少在人前流泪。

"怎么哭了啊。"

母亲慌忙走过来安慰我。可是,我的眼泪怎么都停不下来。我就这样一言不发地嘤嘤哭泣。那不是小孩子的哭泣,而是真正伤心时的哭泣,就像绵绵细雨。事实上,在那一刻,我不是个孩子。因为我已经进入了晚年。

从那天起,我的生活就变了样。作为六个月后就要死去的人,我必须好好思考自己该做些什么。我总是独自一人,呆呆地沉浸在自己的烦恼中。一想到自己的死期正在一分一秒地临近,我就会吓得出一身冷汗。我应该快要发疯了。念及此,我开始坐立难安。与此同时,我也尝试安慰自己,千吕不可能传染狂犬病给我的。可是只要一想起那条在盛夏里吃咖喱饭的狗，我还是觉得狂犬病正在蚕食自己的身体。想到那天千吕与我对视时的表情，我觉得自己肯定被传染了。

"妈妈，如果我死了怎么办？"

我经常这样问母亲，让她很是害怕。

"你总把死挂在嘴边，不怕成真啊？下次可千万别再问了。"

听了母亲的话，我只是无声摇头。这个人什么都不明白。我太舍不得母亲了。

然后我又问妹妹。

"姐姐要是死了，你会怎么办？"

"那你把去年你生日爸爸买给你的小熊玩偶送我吧。"

我垂头丧气地回到自己的房间，一个人哭了许久。我感到非常孤独。

后来，我又去问父亲。

"爸爸，要是我死了，你会伤心吗？"

父亲哈哈大笑起来。

"原来你已经在思考生与死了吗？哎呀，不愧是我的女儿，这么小就开始思考哲学问题了。哎呀，哈哈哈，不错，真不错。"

现在还谈什么哲学啊，我都快死了。我可能得狂犬病了。随着死亡的临近，这种想法深深扎根在我心中，让我整日惶惶不安，愈发确信自己真的得了狂犬病。六个月后，我就要死了。我满脑子只有这个事实。

我沉浸在忧伤的心绪中，感受着季节的变换。自从有了对死亡的认知，平时在我身边那些不存在确定形状的事物，比如季节，比如时间，突然都变得有形状了。它们染上了色彩，拥有了意志，一点一点地朝我走来。还有周围的人,主要是我的家人——他们在我周围堆砌起来的感情的马赛克,像积木一样越堆越高。他们给予我的感情,丝毫没有缝隙。就算我用手抓住母亲对我的感情,想让它暂时与空气隔离,父亲和妹妹的感情也会立刻填补上来,堵住那个漏洞。我头一次意识到,家人对彼此的爱是不存在真空状态的。我的周围填满了他人的爱。同时我也意识到,幸福的人从来都不会意识到这个事实,也正因为这样,他们才是幸福的人。幸福本来就只存在于无意识之中。我看着父亲、母亲和妹妹,心中感慨愈甚。在家人的陪伴中,我独自背负着不安。难道越是意识到自己被爱包围的孩子,就越是不幸吗?我只觉得泪腺一阵发酸,不得不时时刻刻按捺着想哭的冲动。如果真的哭了,他们就会更关心我,而我又会再次意识到自己打破了他们所创造的感情的平衡。我由衷地希望自己的死能够尽量不给任何人造成伤害。我要任凭日子平淡地过去，悄无声息地从他们身边掉队，让他们一直沉浸在幸福中，察觉不到我的死亡。这就是我最大的愿望。

首先，我要尽量避免发疯。我虽然这样想着，却不知该怎么办。因为我并没有宗教信仰。走在深秋的上学路上，我一直在思考这个问题。

不知从何时起，秋天甚至有了气味。柔和的橙色阳光不仅刺激了我的眸子，还刺激了我的鼻腔，让我难以压抑心中的情绪。我踩着地上的落叶，内心不停地叫喊。我知道了，我知道你在我身边了。我就像在轻哄闹脾气的恋人，对秋天轻轻吐气，将它紧紧拥入怀中。当时我尚不明白男欢女爱，却用这样的方式爱着秋天。

在教室里，我惊讶地发现了一个事实。在此之前，我是班上那个跟别人有点不一样，但是什么都懂一点的所谓"万事通"。对此，我表示很满意。因为只有早早确定了这个立场的我，才能随心所欲地道出对别人的好恶。换言之，我不必像别的孩子那样窥探他人的脸色，从一开始就摆脱了那种痛苦。

在此之前，我应该给不少孩子洗过脑。"我讨厌那个人。"每次碰到自己不喜欢的孩子，我就会大声说出来。旁边的几个孩子听闻此言，就会被我影响，毫无理由地讨厌被点名的那个孩子。我坚决认为自己没有任何责任。因为我从来不做那种亲自动手欺负人的愚蠢行为。

班上有好几个孩子都因为这样渐渐失去了朋友。我在迎来晚年后，便对那几个孩子产生了浓浓的罪恶感。我领悟到自己的行为是何等残忍，顿时不知如何是好。我突然领悟到，自己之所以引导别的孩子孤立那些同学，完全是出于恐惧。那些被我当众明言"讨厌"的人，都在某些地方与我有些相似。只要有了跟我一样的聪明狡诈，他们随时都能夺走我的地位。可是，他们都没那么做。因为他们知道那样并不好。或者说，他们都看出来了，我的地位与付出的精力完全不对等。我付出的精力，其实就是自我意识。

我向秋日的阳光诉说爱意，然后想到他们，心生羞耻，又对死亡与发疯的结局恐惧不已，默默咽下了对家人的爱，过着以前从未经历过的日子。我的心实在太忙了。

我不习惯那种忙碌，总是会觉得晕头转向，放学后忍不住在学校里四处乱逛。也许是为了平复心情吧。我不办借书手续就把图书室的书塞进书包里。换言之，就是偷走了。我还擅自打开音乐室的钢琴，用颜料涂抹白色的琴键。换言之，就是恶作剧。我甚至走进男厕所，尝试站着尿尿，结果只是弄脏了自己。那段时间，我不断尝试着以前从未干过的事情。但是那种行为并不持久。因为学校早会讲到了那些原因不明的奇怪现象。我自然在心里道了歉。然而没办法，谁叫我已经进入晚年，脱离了常轨呢。

一天傍晚，我打算最后再干一票，偷偷溜进了理科准备室。那里放着上课要用到的各种石头，有石灰岩、凝灰岩、云母，甚至还有水晶。它们都被随意地放在箱子里，静静地待在架子上。

我激动得胸口一阵发疼，只觉得心脏像是尝到了酸味的舌尖，猛地收缩起来。我站在一片石头中，惊觉自己正在原谅一切。

石灰岩上烙印着各种远古生物的形状，层层叠叠，经过漫长的岁月洗礼，重新出现在人们面前。那些小小的石块，就这么被我捧在手心里。

我细细地剥开了一片在夕阳中闪闪发光的云母。那看起来像是一个整体的云母，实际是许多羽毛一样薄的云母重叠而成。它看起来那么小，却背负着厚重的历史。我忍不住将它紧紧握住。多可爱呀。我突然很想紧紧抱住萦绕在自己身后的难以形容的东西，让它也开心起来。

我又拿出了许多石头，一个一个地摆在地上。其中有岩浆碎片，有包含着不知名银色粉末的奇怪石头。至于水晶，我看到它那宛如冰糖的高贵身影，差点没忍住塞进嘴里。石头都是死的。而我深深爱着它们。

我把那些石头小心翼翼地放进书包里,就像抱起刚睡醒的孩子,轻轻地送到书包深处,然后合上包盖。接着,我便若无其事地走出了理科准备室。我的书包很重,心情却很雀跃。

我朝家里走着,另一个决心已经成形。与其说是决心,那好像更接近于必然。

我走到家附近,但是并没有像平时一样拐弯,而是径直走了过去。我要去的是另一个地方。路上,我与一个曾经被我在教室里大声说讨厌的男生擦肩而过。他有些胆怯地看着我。我朝他笑了笑,想告诉他,我已经没有恶意了。

"你好。"

他面露惊讶,愈发仔细地盯着我。我停下脚步,把心里的话说了出来。

"其实我不讨厌你。"

"你说什么呢?"

"这句话,我一定要说出来。你别生气,就把它当作美好的回忆,收藏起来吧。"

"你真奇怪。"

"请你喜欢我吧,因为我也喜欢你。"

说完,我就抛下表情呆滞的他,转身准备离开。他慌忙开口道:

"你要去哪儿?"

我转过头,一言不发地微笑,再次迈开步子。身后传来了他的喊声。

"喂!那边是墓地啊!"

夕阳西斜,暗影渐渐聚拢到脚下,我的影子仿佛一点点扁了下去。淡紫色的空气浸染了我的脸颊,那种感觉很是舒服。最近,风儿总是像画笔一样,在我身上游走。

我站在目的地入口。看见路上有几个牵着狗的行人,我的内心稍微安定了一些。那片墓地里竖着许多陈旧的木头十字架,看不见一座日式坟墓,因此我很庆幸,不用担心遇到鬼魂了。因为我对陌生的墓葬并没有先入为主的观念。我选择这片墓地,就是因为自己能把它当作单纯的死者长眠的地方。

我先在墓地前跪了下来,然后双手交叠,做出祈祷的姿势。虽然不知道应该祈祷些什么,但我还是用这种方式向死者表达了敬意。

过了一会儿,我从包里一个个地掏出石头,摆在十字架前面。接下来,我一会儿摸摸石头,一会儿抬头看看那比自己还高的十字架,安静地待了一会儿。这些石头和墓地都让我感到很亲切。这里沉睡着这么多的死者。而在不久的将来,我也将加入其中。想到这里，我觉得时间就像静止了，忍不住四下看了看。空气依旧在流动，紧紧包裹着我的身体。但是，我没有像待在家里那样感到淡淡的悲凉。我坐在地上，目不转睛地盯着天空。我被一股温暖而让人怀念的感觉所包围，沉浸在不需要动弹、不需要做任何事的愉悦中。此刻的我不需要担心，不需要害怕，不需要悲伤，除了自己的存在，我失去了一切感觉。我不禁想，也许，我正在死去吧。

我甚至没有想起自己所爱的那些人。我仿佛成了地上的石头，忘却了周围的一切。我活着，但一定跟死了差不多。我这样想着，惊讶于这种感觉竟没有激发出任何孤独感。我心中描绘的死亡，本来是让活着的人因为自己存在过的记忆而痛苦悲伤的死亡。正因为这样，我才会下定决心准备迎接自己的晚年。可是这一刻的平静,又是怎么回事?我感到万分无奈。这种感觉就像是我从未出现在这个世界上啊。这就好像我除在母亲的肚子里以外毫无意义的那段时间,不是吗?没有感情,只得到了尊严的傲慢的存在。莫非死亡就是这样的?那么,我在离开娘胎降生到世上的前一刻,难道等同于死亡吗?这怎么可能?我竟然在降生以前就死去了。意识到这个事实,我大为震惊。现在哪里还顾得上什么晚年。按照这个理论,我待在母亲肚子里的十个月,还有在那之前,我就已经处在晚年之中了。所以,人类的一生注定要经历几次晚年吗?

"小朋友,你再不回去,妈妈该担心了。"

我回过神来,发现一位牵着狗散步的老人正担心地看着我。

"你是来扫墓的吗？好孝顺啊。"

"啊，呃，嗯。"

"这是谁的墓呀？"

我怎么能说这是自己的墓呢。

我敷衍地笑了笑，收拾好眼前的石头，把它们重新塞进包里。然后，我与老人道别，小跑着离开墓地，走向家中。

我下定了决心。而且心情很是明媚。我很高兴自己能有这样的心境变化。我打开家门，晚饭的烟火气模糊了我的视野。

"怎么这么晚才回来，下次放学可别乱跑了。"

母亲慢悠悠地说。

"妈妈，你听我说。我被千吕咬了。"

"哦，是吗？"

"什么'是吗'呀，我怎么都没事呢？"

"什么有事没事的,快去帮爸爸拿啤酒出来。"

"我都没得狂犬病。"

"那当然啊,千吕是宠物狗嘛。"

"啊?"

我死死盯着母亲,难以相信自己听见的话。

"宠物狗不会得狂犬病吗?"

"对呀,因为打过疫苗了。"

我只觉得眼前一阵眩晕,险些站不稳了。也就是说,我这段时间的痛苦全都是白费力气。我从墓地兴高采烈地跑回来,就是为了告诉母亲不需要特别重视晚年啊。我感到浑身无力。

接下来那几天,我始终沉浸在沮丧中。那几天,我不断地痛恨着这不合理的人生。后来,我渐渐觉得每天把精力消耗在这上面实在没有意义,又下定决心恢复快乐的校园生活。

不过，我有时还是会忍不住回想起那段晚年。我会偷偷拉开抽屉端详着里面的石头，静静地思考死亡。不过，等到那些石头不知所终，我不再感到可惜的时候，我的晚年也渐渐被抛到了脑后。

堤　坝

　　我天生不具备自力更生的才能，这就导致了我的自卑。我活到今日，一直在努力与内心的自卑共存。然而，我每次都在只差一步的地方放弃一切。我没有丝毫超出能力的天赋。

　　曾经有过这样一件事。当时我还在上小学。暑假的一天，我们一家人去了海边游玩。白天泡海水浴，吃好吃的海鲜，然后在附近的旅馆住上一夜。父亲、母亲和妹妹都在房间里休息，处理着白天被太阳晒黑的地方，放松着疲惫的身体。傍晚，我独自去了海边。渗透在夕阳中的夜色让潮水的气味愈发浓重，白天充斥在空气中的活力已然偃旗息鼓。整个空间彻底沉寂下来，停止了玩耍。海滩的沙子只顾着专注自身，再也没有了接纳我的宽容心胸。我呆呆地注视着颜色一点点变得深沉的海面。我幼小的心灵发出了感慨：自然真的好大啊。意识到自然并不是人类能够掌控的细微之物，我忍不住愣怔了好一会儿。如果世上真的有能够掌控这片海的存在，那一定就是神明了吧。想到这里，我突然很想跪下来祈祷。

　　天空的颜色渐渐与海面融为一体。我担心自己也被黑暗同化，便迈开了步子。不一会儿，我就走到了堤坝上。那应该就是防波堤，只是当时的我并不具备这方面的知识。我只觉得那道堤坝就像凸显在黑暗中的白色线条。我想，既然已经画出了一条路，那我就得走。于是，我跳上了堤坝。夜色渐渐逼近，远处的灯塔已然点亮。我顺着眼前的白色道路一直向前走。大概走到了中段，我突然回过神来。不知何时，海潮涨了起来，浪花开始拍碎在我的脚边，甚至有飞沫打到了我的脸蛋。涛声在我脚下喧闹，无垠的海面一直延伸到远方。察觉到这一点的瞬间，我吓得再也动弹不得。一阵阵的浪花仿佛在对我招手。

要保持冷静——我对自己说。只需要继续往前走就好了。只要跟刚才一样，若无其事地往前走，应该就能看见离开堤坝的楼梯。或者，我还可以往回走。如此一来，我立刻就能离开这里了。堤坝的另一侧是铺设过的道路。虽然有点高，但我还是可以朝着路面跳下去。我拼命思考着这些，但不知为何,我就是一步也动不了,无论前进还是后退。那一刻,我有生以来第一次体会到了被看不见的东西操纵的感觉。

我像是被施了定身法,一动不动地站在那里。我身边的时间却无情地溜走了。潮水越来越高,破碎的海浪已经打湿了我的脸蛋。我看了看舔舐水泥堤坝的海浪,又看了看另一侧的马路。接着,我努力不去留意两侧,笔直地向前看。我并不是走在一根细细的棍子上。这里是宽度足够的水泥平面。我只需要向前走就好了。

不过,这到底是怎么回事?我突然失去平衡,身体变得摇摇晃晃了。要稳住身子很容易。我顺着身体摇晃的节奏,跌跌撞撞地向前走了两三步。勉强稳住了。我咧开嘴正要微笑,却在那个瞬间出事了。我不禁想,莫非我命中注定要掉进海里？命中注定要坠海的人，就算稳住了身体，也只能白费力气吗？想着，我目光向下一扫，突然感觉浪花在呼唤我。我甚至觉得水中好像伸出了手，在朝着我不停地招呼。啊，到此结束了。想到这里，我不再做任何抵抗，任凭自己坠入海中。

一阵响亮的水声，接着是绵密的白色泡沫。我呆呆地看着眼前的光景。我不明白究竟发生了什么事，甚至不知道自己是活着还是死了。坠海时对海浪的恐惧已经完全消失。我在海水中探出头，漂浮了一会儿。就在这时，上方突然传来喊声。

"你没事吧！！"

我抬头看去，发现一男一女两个大人正在堤坝上看着我。

"你没事吧？！"

男人说着，向我伸出手。

"嗯,我没事。"

"你这孩子怎么想的,竟然在傍晚跳进海里玩儿。"

"我没有在玩儿。"

"等浪退了就站起来。"

我听话地照做了。刚才因为海潮汹涌,我没有留意水的深度,真正站直了才知道,海水只到我的腰部。在下一波海浪涌上来之前,我抓着男人的手,爬上了堤坝。

"刚才真是太危险了。你爸爸妈妈住在哪里呀?"

我报出了旅馆的名称。他们把我送回了旅馆。那两个人一路都在训斥我,而我则惊讶于自己竟然这么快就获救了。刚才,大海不是在召唤我吗?

父亲把我臭骂了一顿,母亲则翻着白眼脱掉

了我湿透的衣服。我自然是一点都没有反省，于是父母更无奈了。

"真是的，要不是刚才那两个叔叔阿姨救了你，你这会儿可能就淹死了。怎么能在太阳快下山的时候跳下去呢？"

"我没有跳下去，是跌下去的。"

"别说谎了。我听他们说，你当时就摇摇晃晃的，也没怎么挣扎就跳下去了。"

"可那是我的命运啊。"

母亲惊叫了一声，我和父亲同时惊讶地看了过去。只见她哭丧着脸说：

"难道你……难道你……你还想自杀吗？"

父亲震惊地看着我。我也惊得张大了嘴。怎么可能？自杀不就是自己杀掉自己吗？我怎么做得出那么勇敢的事情呢？杀死自己需要极大的能动性，还需要爆发力。而我这么缺乏自力更生能力的人，最拿不出手的不就是爆发力吗？

"妈妈，我才不会自杀呢。我是说，跌进海里是我的命运。我只是不想反抗自己的命运而已。"

父亲和母亲面面相觑，表情中带着恐慌。

这便是一切的开端。经过这件事，我小小年纪就成了命运论者。我早就丢弃了努力就能有收获的一般论调。对我来说，自己的想法是一种信念，但对别人而言并非如此，所以我的校园生活从一开始就落了下风。老师们并不听信我的命运论，纷纷把我当成了具有反抗精神的危险分子。

举个例子，我经常从单杠上摔下来。在我感到地面在召唤我的瞬间，不知为何，我的手就会打滑，然后真的摔到地上。这时，老师就会一脸紧张地跑过来。看见我一脸茫然地坐在地上，老师就会大发雷霆。幸运的是，无论摔下来多少次，我都没有受伤。不过，这反倒让他们更忌惮我了。

即使在期中考试的紧张氛围中，情况也没有改变。我实在提不起心力上赶着做题，所以总是做不完卷子。对我而言，人类妄想操控时间，是极为大逆不道的行为，所以我总是慢悠悠地做题。又因为答案基本上都正确，老师们更生气了。他们都以为我故意空着后面的题目不写。开什么玩笑。无法在规定的时间内做完整张卷子，这才是我的才能。只要是超出才能的事情，谁要我做都不管用。

现代国语的老师最是讨厌我。可是谁叫他在第一场考试用了芥川龙之介的《蜘蛛丝》作为例文呢。我对那个故事深深地着了迷，最后交了一份白卷。不巧的是，古文考试的卷子我得了满分，这就让情况变得更糟糕了。考试结束后，那位老师把我叫去了办公室。

"你到底是什么意思？"

"啊？"

"啊什么啊！你这是瞧不起老师吗？！"

"怎么会呢。"

"那你说说，为什么考古文能得满分，现代国语却考了零分？！"

"那是因为古文很无聊啊。"

"你说什么？！"

"相比之下，现代国语的试卷真的很有意思。古文的卷子太无聊，我只能做题打发时间，一会儿就写完了。可是现代国语……我一直沉浸在《蜘蛛丝》里出不来。"

"你给我说清楚，你到底是怎么想的！！"

那位女老师气得满脸通红，大吼大叫。我有点同情她那摇摇欲坠的模样，便小声回答：

"不是，那个，我就是觉得奇怪，为什么要这么拼命地抓住蜘蛛丝……也不理解为什么有那么多罪人愿意做那种奇怪的事情。他们好像一点都没有接受自己身为罪人的命运呢。正常来说，随便什么人都能想到蜘蛛丝会断吧。也该知道自己不是那种顺着蜘蛛丝默默爬上去的能人吧……"

"你给我出去站着！！"

我在走廊上罚站了一个小时。同学们路过时，都会看着我偷笑。很快，休息时间就结束了。我站在空无一人的寂静走廊上，尽情地神游起来。当时是五月，外面清凉的风吹拂着我的脸颊。我竟然对这个被装在教学楼里的自己，产生了诡异的满足感。

那天晚上吃饭时，我对父亲说：

"爸爸，我们来谈谈人生吧。"

家里所有人不约而同地喷出了口中的食物。

"你想谈什么？"

父亲问道。

我把现代国语考试得了零分的事情告诉了他。母亲闻言，惊得手里的饭碗都掉了。我没有管她，而是开始讲述自己从小就一直在思考的关于命运的事情。母亲突然说她有点不舒服，接着上了二楼，父亲则饶有兴致地看着我。

"我觉得你不应该把交白卷的事情怪罪到命运头上哦。"

"我没有怪罪啊。只是结果变成了这样而已。后来我越想越好奇，就去图书馆借了芥川龙之介的书。我看了好几个故事，里面都有好多爆发力超群、能够挣脱命运轨道的人，特别有意思。虽然我不是那种人。"

"你竟然不认为命运的能量能够激发出那种爆发力，我倒是觉得很不可思议呢。"

言罢，父亲微笑起来。我对父亲说的话感到很意外，便露出了吃惊的表情。

"这样啊。嗯……不过我觉得自己应该没有那么高的能动性。应该说，那并不是命运的能量，而是欲望的能量吧。"

"那你对欲望的能量能够改变命运的方向这个事实，有什么看法？"

"真的会有那种事吗？"

"当然有啊。你对杜子春①大声叫喊'妈妈'

---

① 芥川龙之介的小说《杜子春》中的主人公。杜子春欲拜仙人为师，仙人令其不得开口说话，杜子春经历重重考验始终没有出声，最终却因不忍见父母受苦而开口呼唤母亲，失去成仙机会。

堤坝

有什么看法?"

"嗯……"

在客厅看电视的妹妹叫了一声。

"老师都说姐姐特别古怪。你别这样了,害我都不好意思了。"

"你吵死了。"

"姐姐才吵死了。"

"别看乱七八糟的电视了,赶紧去写作业。"

"那你别聊乱七八糟的东西了,赶紧去洗澡啊。"

"要是我泡澡淹死了,你会后悔一辈子的。"

"要是我写作业写抑郁了,姐姐你才要后悔一辈子。"

"我对你的命运丝毫不感兴趣。"

妹妹嘤嘤地哭了起来,我和父亲关于人生的

交谈不得不草草结束。第二天早晨，我听见母亲略显严肃地问父亲，是不是她教育我的方式出了问题。我为了避免麻烦，没吃早餐就去了学校。

　　初中、高中，我都因为同样的理由被别人当作怪人。上体育课时，我从来都不做挣扎，任凭自己从平衡木上摔下来，就算迟到了也不会跑步，依旧慢悠悠地走进教室，引来别人的不满。不过，我并非冷漠的人，所以还是有一些朋友的。慢慢地，我也有了一些可以称为闺密的女性朋友，以及一些男性朋友，过上了还不算坏的日子。我从来不把自己的想法强加到他们身上，他们对我也一样。我绝不在他们面前提起"命运"这个词，而他们应该也从未思考过这个问题，不过，我们对生活的态度却是相似的。也就是说，我们都不是那种会努力靠自己的力量做些什么的人。

我们都过得很宽松。我依旧总是摔跤、坠落，上演过不少失败的闹剧。可是，我从来不会慌乱，也不会做多余的挣扎。

曾经，在一个天气好的早晨，我突然感到自己被召唤，便在上学路上坐了另一班电车。我很喜欢在陌生的车站下车，坐在长椅上发呆。坐上一两个小时，我就会站起来，朝学校走去。老师见我迟到，自然会训斥。而我在被问到迟到的原因时，只会说："我必须这么做。"班上的同学哄堂大笑。老师更生气了。我很无奈，只能大声说："对不起！我不敢了，真的再也不敢了！今天之内！"同学再次哄堂大笑。不知何时，我已经成了班上的红人。真的好烦啊。

"所以说啊，其实大家都觉得你迷迷瞪瞪的。"

跟我关系最好的京子忍着笑对我说。

"啊？迷迷瞪瞪？"

"对呀，连我有时候都会产生那种错觉。其实啊，大家都很羡慕你。因为你从来不会受到任何事物的影响。"

"其实也不是这样吧。"

我很为难地看着京子。我只是从来不反抗命运而已。只要稍微感知到一点危机的气息，我就会放弃主动选择，完全服从于命运的安排。我对谁都没有特别强烈的反抗意识，也不会想方设法摆脱束缚。跟寻常人相比，我只是止步不前的瞬间更多一些而已。每当那种时候，我都会感觉到被我称为命运的东西横亘在我的面前。然后，我就会变得像被蛇盯上的青蛙，只能任人鱼肉。我只能举手投降，心中暗想：好啦，好啦，我认输还不行嘛。

直到现在，我也时不时回忆起那天从堤坝上坠海的事情。那道长长的白色水泥堤坝两侧，像是两个不同的世界。对当时的我来说，大海是我命运的归宿，而马路则是与我毫无关系的世界。在那个瞬间，我选择了大海。然而就在下一刻，我就被大海抛弃了。在日常生活中存在着数不清的相似的瞬间，而人类时刻都在等待着自己被选择。

　　"命运啊……"

　　京子在活动室吸着烟，倾听我的话。

　　"所以我每次看见抗争命运的人，都会觉得那个人好厉害呀。"

　　"也许就是那种震惊，让你看起来迷迷瞪瞪。"

　　"是吗……"

　　"就是呀。你见到有人说我迷迷瞪瞪的吗？我跟你不一样，只是单纯地破罐子破摔而已。该死。"

"……怎么了?"

我好奇地看着重新点燃香烟,长长吐出一口烟雾的她。

"我啊,迷上那个男人了。"

京子突然说。

我瞪大了眼睛,戏谑地看着她。

"哦?那挺好啊。那你为什么会自暴自弃呢?"

"因为那个人已经有老婆孩子了。"

"那可不太好。"

"我当然知道不好。就因为知道,所以很生气啊。气我自己怎么就喜欢上那样的人了。真是的,我肯定是出问题了。你可别说这就是命运,不然我要发火了。男女之间的关系,怎么能用这么肤浅的词语来解释呢。"

"那也不能这么说吧。"

京子的语气太过强硬，让我有点生气。可我话音刚落，她突然哭了起来。

"欸，不是，京子，你别哭呀。"

"我就是不甘心。为什么我没有早点出生呢。要是能早点出生，我肯定比那女人更早给他生孩子。"

"……你该不会怀孕了吧？"

听了我小心翼翼的提问，京子点了点头。她痛哭了一场，然后擦擦眼泪，咬了一会儿指甲。我仿佛进入了一个自己全然不了解的世界，只能呆呆地看着突然成熟了许多的女性朋友。

"他知道吗？"

"我昨天说了。"

"他怎么说？"

"他不可能会让我生下来呀。我真的不知道

自己现在是爱他还是恨他。只要一思考，我就气血上涌，什么都思考不了。我都这么痛苦了，那个人回家后还有个做好饭等着他的人。我甚至想过要自杀给他看看。"

"自杀？"

"就是打个比方而已。如果换成你，你会怎么做？你也会把这个当成命运，然后放弃挣扎吗？"

"我怎么知道呀。不过，你可千万不能自杀。京子，你绝对绝对不能想那种事。死可累了，需要很多很多的力气。"

"说什么蠢话呢。还有比死更费力气的事情，那就是男女关系。"

我顿时无语，只能死死地看着她。我感觉到，她在挣扎。她在拼命地挣扎，想摆脱那个试图吞噬自己的旋涡。她没有停下脚步的余力，也没有放任自流的沉着。

京子捂着脸沉默了一会儿。我轻抚着她的背，问道：

"京子，你没事吧？"

"没事。不过，我已经坚持不下去了。真对不起啊，让你听到这种话了。"

京子勉强笑了笑，然后站起来。

"我走了。先回家冷静冷静。"

我太担心她了，觉得有些气闷，不禁捂住了胸口。她打开门走出房间，我差点就要叫住她，却没有喊出声。那一刻，她明显像是另一边的人了。

从第二天起，她就不来学校了。我心里有点慌乱，但是听老师说她生病住院了，也就暂时放下了心。我想，过后要打电话给她母亲问候一下。

休息时间，一个跟我和京子关系都挺好的女性朋友走过来跟我咬耳朵。

"你知道吗？京子自杀未遂。"

"真的？！"

"嗯。你也知道了吧，她跟一个有家庭的男人在一起。"

"那她没事吧？"

"死是没有死，不过她家里已经乱套了。我们去探望她吧。我还以为她是堕胎在家休息呢，没想到竟然是自杀，真是吓了一大跳。"

我双腿发抖，怎么都控制不住。老师的课自然也听不下去了。那天直到放学，我都处在浑浑噩噩的状态，甚至在上课时唉声叹气，猛地趴在桌子上，或是嘖嘖两声，又引来了班上同学的哄笑。不过，我已经顾不上在乎了。

我在心里反复描绘着京子走在那段堤坝上的画面。她迷茫地停下脚步，不知该如何应对席卷而来的海浪。就像那天的我一样。可是，她并没有像我那样轻飘飘地坠落海中，而是主动跳了下去。然后，有人把她拉了起来。她被人拖拽着，脸上写满了"不应该是这样"。唉……

"喂，你怎么一会儿叹气一会儿嘀嘀咕咕的，还想不想上课了？不想就回家去。"

老师的声音让我猛地回过神来，咻地站直了身子。

"真的可以吗？谢谢老师！"

我丢下目瞪口呆的老师和憨笑的同学，跑出了教室。

敲响病房门，京子的母亲顶着苍白的脸走了出来。越过阿姨的肩膀，我看见京子坐在病房里，手上捧着杂志，正惊讶地看着我。

"妈妈，我没事的，你先出去走走吧。"

京子话落，阿姨点点头，关上了病房门。等到房间里只剩下我们二人，我就再也忍不住，眼泪簌簌地滚落下来。

"欸，你别哭呀。我这回真是丢大人了。我的伤不算什么，不过孩子没了。"

京子明显被我的哭泣吓蒙了，强装出开朗的模样，这样说道。

"你为什么要做这种事啊？为什么要伤害自己啊？你怎么这么笨？有那种力气，怎么不用在活着上面呢？"

"我已经用了呀。"

"啊？"

"我割开手腕的瞬间，就觉得完蛋了。再看到母亲慌乱的样子，我立刻就想，活着还是比死了好啊。不过话说回来，我真没想到这种话会从你口中说出来呢。你竟然会要我把力气用在活着上面，哈哈哈。"

我看着垂头丧气的京子。她又哭又笑的，而我已经连眼泪都流不出来了。

"别生气啊。我从来没用过这么多力气。换句话说，我长这么大，第一次自力更生做成的事情，就是下决心杀死自己。现在想来，真的有命运呢。而且我还发现，只需要一点点能量，就能改变命运的方向了。我记得你说的掉进海里的故事。命运注定了你要掉下去，但你还是可以凭自己的力量决定掉进海里还是掉到马路上。你能明白吗？这就是活着。"

京子一直笑盈盈的。我则很为难地看着她。

可以说,她崩溃的方向对她是好的。我松了一口气,然后陷入了沮丧,抿着嘴唇不知该如何是好。话说回来,我是一路从学校狂奔到医院来的。原来像我这样的人,真的遇到事情了,也是会跑起来的呢。唉……

我在京子的病房待到了傍晚。之后,我四处逛了逛,慢慢悠悠地回了家。家里已经开饭了。我一脸不高兴地走进餐厅,就见所有人都在看着我。

"你这孩子真是的,要是不能准时回来,得打电话通知一声啊。"

"知道啦。"

"姐姐是个怪人,你说她也没用的。"

"吵死了。"

"你怎么这样说话?"

父亲用目光询问我出什么事了。我久违地向

他发出了邀请。

"爸爸,我们来谈谈人生吧。"

母亲和妹妹同时被呛到了。父亲则玩味地眯起了眼睛。

"怎么,又要谈命运吗?"

我叹了口气,噘起嘴巴。

"呃,不是。"

烟　花

　　我姐姐到了暑假还不回老家，让父母很担心。听说她早就辞掉了原来的工作，每天晚上在酒吧里陪客。姐姐并不觉得这件事很丢人，坦然告诉了父母，结果把父母气得够呛。因为姐姐可是不惜复读，也坚持考上了东京一流大学的人啊。父亲气得大吼："我供她上大学难道是让她去当陪酒女的吗！"我觉得父亲这么生气也很合理。看见父母一边喝着饭后的茶水，一边担心姐姐，我就感到一阵心痛。

由于家里有个这样的姐姐,我很心疼父母,就考了当地大学的教育学部。我觉得这是个很聪明的选择。因为让父母担心实在是太麻烦了。所以说,姐姐那人还真够让人为难的。就这样,我在自己家里过起了悠闲而奢侈的生活。

一天,母亲找到了我。

"欸,要不你去东京看看赖子,看她究竟在过什么样的生活吧?我昨天晚上跟你爸商量过了,那孩子又不结婚,又不找一份像样的工作,我们做父母的该为她想想办法。"

我很烦。因为我已经完全适应了暑假的生活。现在要我去那漫天灰尘的大城市?我自认为最懂得真正的奢侈是什么,因此对普通年轻人的夜生活和流行服饰没有任何兴趣。

早上踏着被露水打湿的小草散步,傍晚喝着冰镇的日本酒思考人生,偶尔跟京二郎一起去吃好吃的饭菜。这就是我已经养成的夏天的幸福习惯。

我立刻就拒绝了,却见母亲含着泪开口道:

"你不觉得姐姐很可怜吗?她在东京也许过得很不好呢。你就一点都不担心你姐姐吗?"

"一点都不。"

我一不小心就说出了真心话。姐姐又不是小孩子了,她肯定是自愿做那些事的。说白了,我们家并不穷。虽然不是什么大富豪,但只要姐姐真的遇到难事了,回到老家来,父亲肯定会毫不吝啬地支援她。

"求求你了。那孩子今年都二十八了,要是再不结婚,一直干那种工作,邻居要怎么说咱们家啊。"

实在没办法，我只好答应下来。虽然要跟京二郎分开一段时间，但总好过每天待在家里听母亲念叨姐姐。京二郎是我的发小，家就住在附近。前不久，他跟我从同一所大学毕业，成了一名教师。他给人的印象很好，我父母都很喜欢，所以我们两家人都默认了我和他今后会结婚。这让我感到很轻松。虽然我才十九岁，谈论余生为时尚早，但我还是觉得，余生能够这么早就决定下来，也不失为一件好事。如此一来，我就不必跟别的年轻女子一样，为了找对象而焦虑不已，可以尽情地看自己喜欢的书，体会四季的变化。

"我准备去姐姐那里待一段时间。"

我对京二郎说。

他听了有些惊讶，忙问：

"为什么？小赖出什么事了吗？"

"哪有。就是我爸妈担心她出事,要我去看着她。"

"哦?她现在肯定很漂亮了吧。"

我听了有点生气。此时的他眯着眼睛,一副在回味姐姐的模样。姐姐从小就是个容易吸引男孩子目光的女孩。虽然我只觉得没品,但她那些轻浮的行为确实总能让男生的视线聚集在她身上。

"我一点都不想去。我啊,跟她一点都合不来。你看她说话的态度,还有行为举止。再加上她还吸烟,真的好讨厌。"

他笑着安慰道:

"你可不能这么说。小赖是大家的憧憬对象哦。我以前也特别喜欢她。"

"什么时候?"

"应该是初高中的时候吧。小赖上大学时,不是经常在暑假回来吗?"

"是吗?"

我噘起嘴,他温柔地摸了摸我的头。

"烟花大会的时候要回来哦。"

我点头答应了。因为我跟他每年都会坐在自己家的外廊上,陪着彼此看烟花。

我来到姐姐的公寓时,她虽然很惊讶,但是也很开心。当时已经下午一点了,她还没起床,只在身上披了一件白色的浴巾,就给我开了门。

"你怎么不打电话说一声啊。"

她嘀嘀咕咕地抱怨着,从冰箱里拿出了啤酒。

"大白天的就喝酒?"

"夏天这么热,喝点怎么了?白天喝酒才好喝呢。"

我看了一眼她的屋子。跟我想象的不一样,

姐姐的公寓有好几个房间，面积特别大。里面的家具看起来也特别高级。当陪酒女真的能住这么好的地方？我不可思议地看向姐姐。

也许是许久未见，姐姐的脸看起来很陌生。她脸上带着一丝疲倦，不过烫成大波浪的长发和不离手的香烟都美得让人无话可说。

"爸妈他们还好吗？"

"嗯，他们都很担心你，总在家里说你没管好自己，是个无可救药的女儿。我也有同感。你为什么不去上班了？你考上了一流大学，又进了一流的公司，怎么就辞职了呢？"

姐姐笑着看了我一眼。

"多亏你是个好孩子。不过，爸妈为什么要担心我呢？我才二十八啊。"

"你都二十八了。换作一般人，早就结婚生了两三个孩子了。"

我并不觉得自己年轻就了不起,但还是会不由自主地感到,年轻就是比年长的有优势。

"很遗憾,我并不觉得自己都二十八了。我还想自由自在地活几年呢。何况,我很喜欢现在的生活。"

"其实我早就想问了。姐,你这里房租肯定很贵吧?当陪酒女能住得起?"

"怎么可能。这是别人帮我付的。"

"谁?"

"前公司的上司。我跟他谈恋爱了,所以才辞掉了工作,现在我能堂堂正正地跟他见面,所以特别轻松。"

我一脸不可置信地盯着姐姐。

"那个人已婚了吧?"

"对呀。"

"姐,那你不就是他的情妇了?"

"嗯,一般都是这么称呼的。"

我惊得一句话都说不出来。我姐姐竟然插足别人的婚姻,而且还被人包养了。

"这种事,你叫我怎么跟爸妈说啊。"

"用不着跟他们说。这都是我个人的行为。而且那个人跟妻子关系很不好。哦,虽然这里面也有我的原因。"

"啊!你怎么能破坏别人的家庭!我真不敢相信。姐,你怎么变成这样了?!"

"因为我恋爱了呀。"

姐姐淡然地回答。我更震惊了。就因为恋爱了,所以要掺和到这么麻烦的事情里面吗?

"之前有一次,真是太可笑了。那个人的太太突然找上门来,说你跟我丈夫保持这种关系想怎么样。你都不知道,她可生气了。所以我也反问她,你死咬着我的恋人不跟他离婚,到底想怎么样?那人哭着回去了。还说什么二人相伴了十几年。开什么玩笑。"

姐姐真的笑了几声。我只觉得头痛。人家的日子如此精彩,难怪不想回老家了。

"今天你来了,我就不去上班了。让那个人带咱们出去吃好吃的吧。"

"可别,我消受不起那种人的饭。"

"他很好啊,还特别喜欢我。所以,他肯定也会喜欢你的。"

说完,姐姐就开始打电话了。我很为难,只能拿起眼前的水晶玻璃杯把玩。这个杯子应该很贵吧。用指甲一弹,声音格外清亮。听着那个声音,我突然悲从中来。我呆呆地想,像姐姐这种人,要被骂不孝顺的。

姐姐的恋人高山先生比我想象中的年轻一些。他带我们去了特别高级的和食店。就是那种用看似随意的装饰最大程度地烘托出店内气氛的和食店。就连我这种没见识的人,也能猜到这里的饭菜一定贵得离谱。

高山先生特别照顾我,会问我学校的事情,还跟我说他去外国出差的见闻,都是些不痛不痒的话题,很显然,他想让这顿饭顺顺利利地吃完。

他并没有过分表现出跟姐姐很亲密的模样,但姐姐就不一样了。她会故意粗声粗气地说话,不时贬低他一句,毫不掩饰因亲密关系而产生的随意感,时刻都在表明自己的立场。

"这个人已经对我死心塌地了。"

说着，姐姐还去夹他盘子里的鸭肉。他乐呵呵地笑着，眼尾堆起了皱纹，给人特别善良的印象。他的体态特别板正，但眼尾的皱纹又缓和了那种让人生厌的严肃感。

于是，我鼓起勇气问了一句：

"请问，你想跟我姐姐结婚吗？"

他特别惊讶地看着我，然后笑出了声。

"没错。我很久以前就在跟她说这件事了，可她就是不答应。"

"因为我姐不答应，你就没跟现在的太太离婚吗？"

"就是啊。要是不能跟她结婚，我可没勇气跟现在的妻子分开。"

"你还真的一点都不避讳呢。太恶劣了。"

我心里早已气愤不已，但努力没有表现出来。

姐姐像是在听什么好笑的事情，微笑着看我和他说话。

"你爱我姐吗？"

"那当然了。这世上不会有比她更好的女人。光是想象她被别的男人夺走，我就心如刀绞。"

"夺走？你的意思是别的男人跟我姐发生关系吗？"

旁边那一桌的客人飞快地瞥了我一眼。而他则面不改色地微笑作答。

"没错。我特别喜欢跟赖子睡觉。"

"我床上功夫很不错哦。"

姐姐说完，专注地看向高山先生。我为了掩饰心中的震撼，起身去了洗手间，把吃下去的东西全都吐了出来。眼泪不受控制地涌了出来。啊，太讨厌了。我反复嘀咕着。真不敢相信，那种人竟然是我的姐姐。

饭后，高山先生送了我和我姐回去。我还以为他会直接离开，没想到他也要留下来。姐姐很是高兴。我已经累了，连阴阳怪气的心情都没有，便让姐姐帮我铺好床，早早睡下了。

再醒来时，已经是深夜。我翻来覆去了好几次，试图再次入睡，却怎么都睡不着。实在没办法，我只能放弃入睡，开始呆呆地想事情。我想，我和京二郎的关系，跟我姐他们的关系完全不一样。我和京二郎当然还没有肉体关系。我们会深情对视，会牵手，还亲过几次嘴，但我觉得那跟性毫无关系。在做那些亲密动作时，我的心会跳得特别快，有时甚至胀得生疼，但还是觉得很甜蜜，很感性，是一种精神上的享受，与肉欲无关。我又想，真的好想他啊。

就在那时，我听见了奇怪的声音。那个瞬间，我吓得鸡皮疙瘩都冒出来了。就算没有经验，我也能凭那些声音猜到姐姐正在跟高山先生做些什么。很明显，声音是从姐姐的卧室传出来的。我干脆用被子盖住了脑袋。但不知为何，人的听觉偏偏在这种时候会变得格外灵敏。姐姐的声音，甚至是喘息，都清楚地飘进了我的耳朵里。我捂住了耳朵，然后回忆起幼时的姐姐，忍不住哭了起来。那时候我还很喜欢姐姐。我们夏天一起吃刨冰，一起去游泳，还是一对很好的姐妹。

我想起来，还发生过这样一件事。那天我们从游泳馆出来，经过了一个公园。是姐姐提出要抄近道回去的。因为母亲总说傍晚时分不能去公园，所以我不太愿意，但还是跟着姐姐走了。

我们都游累了，身体特别沉重。两个人舔着

冰棍走在公园里,刚进入林荫道,就看见前面站着一个男人。他突然拦住了我们。那个瞬间,我怀疑自己的眼睛出了问题。因为那个人的裤子已经脱到了膝盖上,连内裤都脱掉了,整个下半身裸露出来。当时我还不明白自己看到了什么。

我吓了一跳,姐姐却饶有兴致地看着那个男人,舔冰棍的动作也没有停下。我见她这样,心里顿时踏实多了。因为姐姐脸上甚至浮现出了笑容。

我一瞬间就猜到男人让我们看见的东西肯定不是什么好东西。那东西在男人白皙肥胖的身体上,毫不掩饰地彰显着自己。所以我的踏实没持续多久,很快就被巨大的恐惧取代,我忍不住抓紧了姐姐的手。我认为这种时候应该立刻离开。姐姐却甩开我的手说:

"这个人经常这样。他很可怜的。"

我又一次仔细打量了男人的身体，但丝毫看不出他哪里可怜了。从那时起，我就不再喜欢姐姐了。世界上有很多可怜人。可是，她为什么偏偏要把"可怜"一词安在做这种事的男人身上呢？是因为姐姐的心胸太宽广了吗？还是因为她太善良？不管怎么说，我都讨厌她的态度。

卧室的动静久久没有停歇，反而越来越大了。那两个人莫非忘记了我就在隔壁房间？那动静，就像动物一样。不惜将自己贬低为动物的叫声中，散发着前所未有的媚态。那个叫声里不时夹杂着高山先生低沉的声音。他好像跟姐姐不一样，一直在她耳边呢喃着上位者的诱哄。啊，太讨厌了。他们的行为仿佛彻底否定了我的存在。我和京二郎肯定不会变成这样。我们有着精神上的感情。

我考虑着要不要站起身，出去喊他们消停点。

但是身体不听使唤。虽然只是幻觉,但我仿佛听到了那两个人肉体纠缠、汗液滴落的响动。我不停地劝说自己,很快就能回家了,再忍忍就好了。回去之后,我要跟京二郎说些感伤的情话,陪他看烟花,沉浸在无边的幸福中。我只靠这个念想支撑着自己,不知不觉再次陷入了沉睡。

早上醒来后,我走进厨房,看见姐姐已经起床了,正在喝咖啡。高山先生不在家里。姐姐一脸坦然地问我要不要喝咖啡。我看着她的模样,怒火再度涌上心头。察觉到我的表情,姐姐毫不掩饰地笑了。

"你听见了?昨天晚上是有点激烈了。"

"我看不起你们。"

"为什么啊?你以后跟小京结婚了,也要做爱的。"

"别拿我跟你们比较。我们不一样。"

姐姐像是听了个笑话,憋着笑看向我。

"你不喜欢小京吗?"

"当然喜欢。但是我们尊重彼此,而且每次见面都很紧张。光是想起他,我就伤感得要落泪了。"

姐姐哈哈大笑起来。

"喜欢得要落泪,是因为你在发情期啊。你们对彼此有欲望,才会变得感伤。这就是男女。尚未发展到肉体的关系更是如此。我跟你说,只有真正睡过了,才会产生互相信赖的关系。"

"才不是。"

"什么才不是。我也认识好几个跟你一样的女人,她们都觉得只有自己的恋爱才是最高尚的。要我说啊,那是她们什么都不懂。心中小鹿乱撞,说白了就是因为身体不自觉地想要那个男人。"

我快要哭出来了。

"别拿我跟你混为一谈。我绝对不会干那种像动物一样的事情。"

"那你就不懂了。我跟他是彼此深深信赖的关系。最开始那段时间,我口口声声说自己恋爱了,跟他偷偷见面时,只是两个人在追求着彼此的肉体。现在想来,当时我的心在叫嚣着我好喜欢他,实际是因为我好想睡他。"

"现在就不是单纯的欲望吗?"

我含着泪问道。

"说白了,现在我看到他,并不会觉得想睡他。不过只要身体紧紧贴在一起,我就会特别安心。这是因为我特别信任他。可是这种信任一旦发展成性爱,就有可能变成嫌恶。以前对他的触碰最敏感的地方,现在反倒最先出现抵触反应。"

"高山先生知道吗?"

"怎么可能!我绝对不会告诉他。我跟他上床,不过是为了满足他的生理需求而已。有的时候,我甚至想杀了骑在我身上的那个人。"

"那你为什么还会发出那种声音?"

姐姐想了一会儿,然后喃喃道:

"也许是为他着想吧。为了不破坏我跟他的关系。"

"我不相信你会有这种想法。"

我翻着白眼说。既然她都为对方着想到这个份上了,为什么还要保持关系呢?

"能够为对方考虑这个,证明我爱那个男人。当我难以抑制心中的爱意,万分想念那个人时,也是在爱自己。我想念那个男人,是为了抚慰自己的欲望。同样是想念，在我开始爱那个人的时候，性质就不一样了。后者会变得更安静，更悲伤。"

姐姐叹了口气。她是不是想到了高山先生？我也想到了京二郎。我这么想念他，也是因为想要他吗？我不希望是这样。但是他的话会让我的身体产生各种各样的反应。或是震颤，或是含泪，或是发烫。我还会想要触碰他的手，也会想要他的触碰。我只是没想到，这些反应的延长线上，还有性爱关系。

"话说回来，不是马上就要有烟花大会了吗？你要跟小京去看？"

姐姐换了个话题，重新开口。

"不去。因为咱们家院子就能看得很清楚。我们每次都是坐在外廊上看的。"

"哦，那还挺浪漫啊。以前咱们俩经常一块儿去看吧。虽然我不太喜欢烟花，不过还挺好看的。转瞬即逝，如同过眼云烟。"

"你还记得？"

姐姐笑着点了点头。

"代我向爸爸妈妈问好。你不用跟他们说高山先生的事情，毕竟我们的关系还不知道会怎么发展呢，就说我在这边跟恋人处得很不错，他人很好就行了。唉，我是真不知道我们今后会怎么样。男女关系太麻烦了。先是身体相互吸引，然后在厌倦的瞬间变成离不开的关系。离不开彼此的身体完全是弥天大谎。之所以离不开彼此，是因为心开始纠缠在一起了。所以，身心都纠缠在一起无法分开的时间，只有短短的一瞬。二者是不能两立的。那个瞬间虽然很美好，但也像烟花一样，转瞬即逝。"

姐姐边说边吸着烟。她说的是只有二十八岁的自己。今后,她为了那烟花一般转瞬即逝的瞬间,还会不断地谈恋爱吗?还是在成为灰烬之后,趁着余温尚存,将那段关系视若珍宝?我还不知道。不过我能感觉到,她由衷地爱着高山先生。当一个女人真正爱上一个人时,或许就会看见一切的终结。姐姐为了不让那个终点到来而选择了做戏。我并非不能理解她的心情。但不论怎么说,她跟我都是不同的人。

几天后,我回到了父母家。我告诉他们,姐姐很好,过得很舒心,不必担心什么。他们长吁短叹了一段时间,后来好像就放弃了。我没有提起高山先生。因为我也觉得,他们今后的结局还不确定。

今年夏天,姐姐一直都没回来。但我并不在

意。与其在这里听父母的唠叨，不如跟爱的人一起生活。但是我又想，我眼中那个不堪的姐姐，也许并没有真的在追求性爱关系。她为了哄高山先生开心，甚至不惜做戏，发出了那样的声音。她所追求的恐怕是性爱之外的东西吧。正因为她知道性爱之外的东西更美好，才会做出那种事。

烟花大会的那天傍晚，我和京二郎发生了关系。父亲和母亲都没在家，而是出门去看烟花了。我越过他的身体，看着外面的烟花，感到无比幸福。红色、黄色，各种颜色的粉末像是要落到我们身上一样。那是我的第一次，但我还是发出了像姐姐那样的声音。那是自然而然的声音，连我自己都吃了一惊。与此同时，我也惊讶于自己竟然下意识地做了一场戏，只为哄京二郎高兴。原来爱一个人竟是如此自然，如此令人愉悦。所以，我沉浸在了自己的心情中。我好像不知不觉间落泪了。京二郎见我这样，顿时大为感动。眼泪竟也能成为让男人高兴的道具？我感到很不可思议。只因为有了身体上的关系，我便拥有了做戏的天赋，这是我万万没想到的。

与此同时，我又想：姐姐说了，这种感动会慢慢消失。真的会这样吗？到时候，我还能继续做戏吗？我好像不能。我又想起了姐姐。想起了幼时的夏天，在公园可怜那个裸露下半身的男人的姐姐。"这个人很可怜。"啊，为什么我会在这种时候想起那件事呢。飘落的烟花碎屑带着满腔的怜爱，不断地撒在我们身上。

桔　梗

那个时候，吃和睡还没有被算在欲望之中。虽然同为欲望，但那些欲望并不伴随着罪恶感和羞于见人的情绪。长大以后，我才发现吃和睡都暗含着淫靡的秘密，但是少女时代的我又怎么会知道呢？我自以为是地把那些都当作极为单纯的自然现象，迎来了七岁那年夏天的末尾。那时，我正沉浸在其他的各种欲望之中。

不知道为什么，从我过了七岁生日开始，眼

中的事物突然发生了变化。以前很感兴趣的玩偶和跳花绳都变得索然无味起来。当然,小学同学到家里来玩时,我还是会装出一副很高兴的样子。因为被孤立真的很麻烦。不过我还是会忍不住叹气。因为我和朋友感兴趣的东西开始变得不一样了。

我住的房子历史悠久,久得被县里评定为了重要文化财产。现在回想起来,我也觉得很不可思议。我们为什么能住在这么古老的房子里呢?父亲和母亲经常想搬家,但是卧病在床的老祖父坚决不同意。他说如果搬出这个家,他就会死。幼小的我总是想:人都是会死的呀。其实我并不想搬家。如今住在新家(其实也已经住了十年),父母不时会感叹,当时在那老房子里竟然没撞见过幽灵,还真挺稀奇的。听了他们的话,我感觉特别奇怪。当然,我也没撞见过幽灵。而且我也不是那种灵感很强的人。但我认为，那座老房子里住着许多比幽灵更不可思议的东西。

话题回到七岁那年。在此之前，我只是理所当然地住在老房子里，但是从那时起，老房子的一切都让我产生了好奇。我发现跟朋友一起住的时候，老房子会变得格外不一样。于是，我开始喜欢一个人玩耍。

老房子的厨房设在土间①，想喝水就得穿过客厅后穿上拖鞋过去打水。通往土间的走廊下面还有一条小河。小河穿过我家院子，一直通往邻居家。邻居家的房子也很古老，住着一位老太太和她的女儿。

最开始，我对这条小河十分着迷。这么清澈

---

① 日式房屋内部与外部的过渡部分，以泥土为地面，没有铺地板，一般灶台设在此处，与高出一截的木地板部分衔接。

的河水就在我家地板下流淌，多让人开心啊。我经常坐在外廊上，久久注视着水流不愿离开。

偶尔会有人在上游丢弃几条快要死掉的金鱼，我就一直盯着它们看。漆黑的水底映衬着绯红的小点，美得无法用言语形容。我不禁想：好想穿那种图案的和服啊。

有时候，小河里还会有蛇游过。许是因为附近就有一座山。蛇顺着水流而下，清凉地活着。我又想，比起在闷热的岸上生活，泡在水里可能更幸福吧。毕竟所有人都讨厌蛇。

我很爱看顺水漂流而来的东西，也很喜欢晚上哗啦啦的流水声。我还想过，水也许是有生命的。每次听到母亲劝说父亲赶紧搬离这座阴森可怕的房子，我都很不高兴地想，这个人真是不解风情。

一天,我像往常那样注视着小河,突然看见上游漂来了一朵淡紫色的漂亮小花。我欣喜若狂,跳到院子里想捞起那朵花,无奈身材矮小,无论多么努力伸长手臂,都够不到那朵花。于是我拿起院子里的扫帚,试图不让花漂走。但是对我来说,那把扫帚实在太重了。转眼之间,扫帚就掉进了水里。我没有去管扫帚,继续追着花跑。小花顺着围墙根漂进了邻居家。我蹲在墙边,不甘心地扒拉着所有能落脚的地方,眼瞅着那朵花在水上越漂越远。

就在那时,一只白皙的手伸进水中,捞起了我的花。

"还是湿的,小心别弄脏衣服了。"

那个身穿比花儿还浅的淡紫色和服的女人说着,将那朵花递了过来。我盯着她看了好一会儿。

当时我已经对美的事物有所了解。她是一位非常美丽的女性。白皙的皮肤和紫色的和服相互衬托，营造出缥缈的氛围。我瞪大眼睛，一眨也不眨地盯着她看，那样子想必很没礼貌。不过她还是微笑着，用目光问我"有什么事吗？"。我一时不知该如何是好。如果是现在，我还能像那些油嘴滑舌的花心男子一般，随口说出这朵花跟你好像之类的话，吸引她的关注，只可惜当时我还年幼，虽然是个女孩，却对她一见钟情了。

"美代，美代。"

我听见了邻居家老太太的声音。眼前的女性应一声"来啦"，又对我勾唇笑了笑，然后才转身走进房子里。也许是那边来客人了吧。没一会儿，我就听见邻居家罕见地传来了热闹的笑声。我觉得自己被抛下了，有些失落地回了自己家。

"妈妈，你看这朵花。"

我走进客厅，把尚且沾着水的花拿给正在喝茶的母亲看。

"欸，这不是桔梗吗？今年的花开得还挺早。"

"这个叫桔梗吗？"

"对呀，咱们家不是也有很多吗？"

"骗人，我都没见过。"

"现在还没开呢。"

不是自夸，在那以前，我对花花草草一点兴趣都没有。毕竟对家里的小河感兴趣也只是最近的事情。于是我回头看了一眼庭院。许多的绿色顿时映入眼帘。

"哇！！"

母亲吓了一跳，看着我。

"怎，怎么了？"

"咱们家原来有这么多花草树木啊。"

母亲不太舒服地看了我一眼，脸上似乎浮现出一抹后悔的神色。也许她在想，自己生了个奇怪的孩子吧。不过，我并不在意。我着急忙慌地跑出去，欣赏着院子里的草木，偶尔摘一朵盛开的花。

这里有一丛植物，叶子长得像金鱼缸里的水草（现在我知道了，那叫大波斯菊），那里有一丛洋气的菊花（这些是玛格丽特菊），中间夹着一小丛很不显眼的桔梗。我找到那些桔梗时，险些大叫起来。因为那一丛桔梗顶上都长着紫色的花苞。我看着迎风轻摇的桔梗，在那一刻便决定这是我的花了。花苞胀得圆圆的，表面有一片如同血管的紫色纹路，感觉花瓣像是被人强行拢在了一处。

我站在花草树木中，突然回过神来，朝隔壁看了一眼。那边跟我家不一样，种满了年份很久的树木。我之所以没什么机会窥探邻居家，可能就是因为那些茂盛的树木。那家人也许跟我家不一样，是不想跟外界有太多关系，只愿意平静生活的人。

我透过枝叶的缝隙看见了邻居家的外廊，发现那里坐着一个女人时，我顿时有了精神。她旁边还站着一个男人，正在笑着同她说话。男人打扮得十分正式。这让我想起了父亲那头乱蓬蓬的头发。要是父亲也能打扮成那样就好了。

这时，本来跪坐在地上的女人突然站了起来。我好像不小心惊呼了一声。因为我看见男人搂住了她的肩膀。我看不见她的表情，但我猜测，她应该是陶醉的。因为她白皙的脖子染上了红晕，渐渐融入了和服的颜色。不知不觉间，我已经死死捏住了一个桔梗花苞。

我一直站在那里，直到母亲来叫我吃晚饭。听见她的呼唤，我啧了一声，依依不舍地走进了家里。

"拿着，把这个给爷爷送去。"

母亲把单独为祖父做的饭菜递给了我。其实我很不喜欢去偏房找祖父。他已经不再是以前那个疼爱我的祖父了。他变得很任性，很爱生气，有时又一动不动地躺着，像死人一样。每次看见他，我都仿佛能嗅到死亡的气息，心里特别害怕。我时常想，如果我也变成这样，那还不如死掉。

通往偏房的那段路也很无趣。虽说最近我越来越喜欢这个家的院子了，但唯有在去找祖父的时候，我感觉自己在一步一步地走向死亡。走在那条路上，就连潺潺流水声和轻拂过面颊的微风，都会让我毛骨悚然。

"爷爷，吃饭啦。"

我大喊一声，然后拉开纸门，把饭盆放在祖父枕边。他缓缓撑起上半身，喃喃道：

"你奶奶快要来接我了。"

我一听，转身就跑了回去。

"妈，妈妈！爷爷说奶奶来接他了！！"

母亲面不改色地说："哦，是吗。"

"是吗？！死去的人来接了，那不就是要死了吗？"

"不过，你爷爷好几年前就这样说了。"

母亲满不在乎地说着，用小碟子装了父亲的下酒菜。我也不再管这件事，坐到了餐桌旁。我觉得，妈妈就是太粗心了。

"妈,隔壁的女人叫美代,对吗?"

吃饭时,我问出了自己最好奇的事情。

"欸,你怎么知道的?"

"我今天听到了。"

"哦?你可别跟她有太多来往。"

"为什么?"

"你看,她不是一副病恹恹的模样吗,脸色惨白的。"

怎么能这样说呢,我心想,那样的人才叫大美人啊。母亲好像因为这个问题想起了什么,转头对父亲说:

"欸,今天隔壁来了个男人,是不是他啊?"

"谁知道呢。"

父亲漠不关心地喝着啤酒。

"她肯定是因为那个男人才被赶回来的吧。我看着那人好像挺有钱的,应该会照顾好她。"

"从哪里被赶回来的?那个姐姐做什么了?"

我好奇地问。

"你不能叫她姐姐,她跟我差不多大呢。那个人之前嫁出去,后来又被赶回来了。"

"啊?我不信。"

"对吧,我也不信。"

母亲似乎在寻求我的赞同,但我不敢相信的,其实是那个女人竟然跟母亲同龄。因为她实在是太美了。

"能有个这么好的男人照顾她,二嫁其实也不算什么了。"

"什么叫二嫁呀?"

"好了,别问了。那都是别人家的事情。"

父亲不耐烦地说道。我和母亲对视一眼,笑

了起来。父亲很无奈，隔着眼镜片瞪了我们一眼。

那天夜里，我在小河的流水声中入睡，还做了个梦。桔梗花顺流而下，花茎沿着水流的弧度弯曲着。我注视着那朵花，沉浸在幸福中。下一个瞬间，桔梗花像是化作了紫色的颜料，继而幻化成那个女人。她像鱼儿一样在水里流动，和服的裙摆随着流水轻轻摇曳。不知为何，我知道她已经死了。我顺着小河边行走，着迷地看着她顺水而下。然后我发现，小河竟然流向了祖父所在的偏房。我呆呆地看着，就见纸门被拉开，祖父走了出来。我不由得大叫起来。

醒来后，我急忙去看那条小河。河面上当然没有女人，只有两三只萤火虫在飞舞。我松了一口气，又伸头去看邻居家的院子，险些再次发出惊叫，但好歹是忍住了。因为那个女人就在院子里，跟一个男人紧紧相拥，二人的嘴唇也贴在一起。现在我知道那叫接吻，但在当时，我以为他们在吃彼此的嘴巴，心里很是着急，心跳也越来越快。他们停下来注视着彼此，又一次嘴唇相接，结束后，女人便靠在了男人的胸膛。在我看来，那女人的头，就像是紧闭的桔梗花苞。

我偷偷走到墙根，静静地注视着他们。女人好像在哭，哭得很伤心。男人则轻抚着她的背。我觉得，如果没有男人让她靠着，女人肯定已经倒在地上了。那一刻，我不禁想，其实花也挺坚强的，因为它们只要有了大地，无论看起来多么孱弱，都能独自站立。

那两人对彼此耳语了几句，然后就进屋了。这时我才发现自己独自站在庭院中。偏房传来祖父咳嗽的声音。我突然很害怕，连忙看了看四周。

月光、萤火虫。沐浴着微光的草木让我感到无比烦闷。月亮不像太阳，照亮大地时不会留下影子，而是将沐浴月光的东西直接变作影子。我朝着屋子拔腿就跑，只觉得自己变成了一个巨大的影子。那一刻，影子和影子重叠的院落让黑暗变得更加深邃，使我恐惧不已。也许是由于我太过专注于观察那两个人，才会产生这种感觉。因为那里是没有黑暗的地方。

翌日早晨，母亲因为掉进河里的扫帚把我骂了一顿，但好像没有发现我半夜起床去偷看隔壁的人。我放下心来去了学校，但上课时又想起了那两个人，顿时感到坐立难安。我想去见那个女人，去亲眼确认那是个拥有实体的人。带着这个想法，我在放学后拒绝了同学的邀约，着急忙慌地回了家。

母亲正在外面跟邻居家的阿姨聊天，压根儿没发现我已经回来了。我背着书包走进庭院，伸头去看邻居家。那女人真的在。看见我从围墙另一头探出脑袋，她好像吓了一跳，但很快便勾唇一笑，朝我走了过来。

"你这是放学啦？"

我点点头。

"吃点心了吗？"

我摇摇头。

"我妈还在跟邻居家的阿姨聊天呢。"

我噘起嘴，对她控诉道。

她好像很自然地接受了我带着孩子气的谄媚，打开围墙门说：

"那要不要到我家来？我这儿有好吃的桃子。你喜欢吃桃子吗？"

我得意洋洋地点了点头。因为她说的桃子正好是我喜欢吃的。那天,我第一次踏进了邻居家。

女人端来一个盘子,上面放着大个的桃子,还另外给了我一杯葡萄汁。她说她叫美代。其实我早就知道了,但还是装出惊讶的表情,告诉她我有个同学也叫美代。

美代阿姨那天穿着白色的连衣裙,但我还是觉得她像桔梗花。因为她削桃子皮时,我发现她的指甲涂成了淡紫色,而她喝过葡萄汁后,嘴唇也染上了一丝紫色。我心中暗想:你就别隐瞒了,我早就发现你的真身了。我当然没把这句话说出来,只跟她聊了些不痛不痒的话题。

从那天起,我就经常到邻居家去。虽然母亲不怎么高兴,但我一点都不在意。我觉得如果错过这段时间,今后就再也见不到美代阿姨了(后来真的被我猜中了），所以每天都会在靠近邻居家的墙根附近徘徊，假装在看小河，实则等着她出现。

每次待在那里，傍晚的阳光都会倾洒在我身上。不管别人怎么说，我就是觉得那个时间段的太阳是最晒的。也许是因为我等得太心急了。等美代阿姨出现的时候，我总是会摸摸周围的草木。那些植物每天都在长大，而且是静悄悄的。在我眼前一动不动的花苞到第二天竟然全都盛开了。看到那个场景，我感到惋惜不已。正如时间在流动，它们也在流动。这让我觉得只有自己没有长大，心中不免有些焦急。

桔梗的花苞也在一点点膨胀。我一直在关注着它们，想亲眼看到花朵盛开的瞬间。我想知道那些在内部紧紧拢住花瓣的空气是怎么被挤出来的。但是，花儿一直都不开。我很无奈，只能转头看向围墙，就见美代阿姨已经站在外廊上朝我招手了。我很高兴，一路小跑着去了隔壁。

那天，我也在做同样的事情，猜想着究竟是桔梗先开花，还是美代阿姨先呼唤自己。我把目光投射在院子里的影子当作日晷，静静地等待着我自以为本质相同，只是外形不同的存在。

是桔梗花的花苞先裂开，慢慢舒展成花朵的雏形。今天应该能看到开花的过程了。我难以抑制激动的心情，试图将小指插进花苞裂开的小洞里，但是没有成功。当然，我也没忘了时刻关注着隔壁的动静，以便在美代阿姨看见我的瞬间给予回应。

然而，桔梗花还是不开，美代阿姨也没有叫我。我渐渐感到腻味了。欲望从来都不是轻易就能满足的。太阳开始下山，我决定放弃等待，起身走进家中。如果不在晚饭前写完作业，就要被母亲骂了。

我恋恋不舍地弹了一下桔梗花苞，又一次看向邻居家的院子。上次那个男人正跟美代阿姨坐在外廊谈笑。然而，那已经不再是我之前听到的爽朗的笑声了。我偷偷走向墙根，偷看那两个人。

美代阿姨轻轻笑着，往男人手上贴了个什么东西。男人有点害怕，又有点为难，但还是保持着微笑。她贴的是什么东西啊？我稍微探出身子试图看清楚些。下一个瞬间，我被恶心到了。

她贴在男人手上的东西，是文身贴。是那种我们都觉得不干净，早已不流行的零食店里的文身贴。文身贴一般都是画着女人的彩色小画，涂上口水就能贴在身上，再剥掉背面的纸，画就像文身一样留在了皮肤表面。那一刻，美代阿姨在男人的手背和胳膊上贴了好多张文身贴。

美代阿姨伸出长长的舌头舔舔贴纸,然后拿起男人的手。尽管就在不久前,她的舌头还跟男人的嘴纠缠在一起,可我还是觉得很害怕。正如那天晚上周围的影子齐刷刷向我袭来,我被吓得几乎要拔腿就跑。可是,双腿怎么都不听使唤。不对,不是双腿不听使唤,而是我的目光被他们禁锢着,动也动不了。

太阳落山了,天空慢慢染上一层绛紫。美代阿姨舔过的文身贴拉着丝,像符纸一样一点点遮盖了男人的皮肤。最后,男人似乎再也忍耐不下去,甩开了美代阿姨的手。他那粗暴的行为让我几乎要生气了。因为美代阿姨被甩开后,立刻嘤嘤地哭了起来。我虽然不明就里,但就是本能地察觉到那里存在着一个不幸。

男人一言不发地坐着。被美代阿姨的口水沾湿的胳膊即使在暮色中也能看出濡湿的状态。我感到十分不安。我总觉得美代阿姨自己也被转印到男人的胳膊上了。哭到崩溃的她,在我眼中就是如此脆弱而虚幻。

翌日,父母吵闹的说话声把我吵醒了。我捕捉到"死"这个字,心想莫非是爷爷去世了吗?我觉得那是理所当然的结局,便再度闭上了眼睛。

因为这件事,母亲在早饭时让我去偏房送粥的那一刻,我着实被吓到了。

"爷爷不是死了吗?"

母亲一脸诧异地对我说:

"瞎说什么呢,你爷爷活得好好的。"

"那究竟是谁死了?"

"隔壁家的女儿。哎,真是够那啥的。不过这都跟你没关系。赶紧去送饭吧,你爷爷一直在喊饿呢。"

我呆呆地接过托盘,朝偏房走去。其实,这个消息并非难以置信。我早就预感到美代阿姨可能活不了多久。听说,她是今天天亮时上吊死的。听说,那个男人跟她提了分手。母亲说,那个男人的太太给他生了孩子,其实也不难理解。我感到浑身乏力。我本以为自己要去送饭的地方才是死亡的巢穴。结果,事实竟然并非如此。我想起了美代阿姨的脸,在心里描绘着她给我桃子时的优雅动作,还有接吻时染上红晕的脖子。我第一次意识到自己失去了能在我心中留下那么多宝贵瞬间的人,眼眶迅速噙满了泪水。

"爷爷,吃早饭啦!"

屋里传来祖父起床的动静。我转头看了一眼

院子。昨天还是花苞的桔梗竟然全都盛开了。怎么会这样呢？我竟然没能得到美代阿姨最后的关心，也没能等到亲眼看着桔梗花盛开的瞬间。

我把早饭送到祖父床前，然后在院子里摘了几朵桔梗花。反正这些花很快就要凋零了。因为失去大地的植物终将死去。

我站在院子里哭泣，久久未能挪步。母亲恐怕很快就要来骂我了。不过，此刻我的眼中，只有顺着小河漂流而下的美代阿姨。

海那边的孩子

我小时候是个小大人。虽然我现在能够红着脸这样形容小时候的自己,但是在当时,我从来没想过自己是这样的人。我很自负,自以为比别的孩子懂得更多。我觉得自己看的书比别人多,比别人更会看脸色,也比别人知道更多风土人情,所以在一群小孩子中自诩身材矮小的大人,始终试图履行自己的责任。我每天都忙着正确理解别人的心情,引导不懂事的孩子走上正道,跟别人分享自己渊博的知识。可以说,我从小就有种身为人上人的认知。而且我小小年纪就决定要戒骄戒躁,博爱世人了。那个时候,我好像才九岁。

  由于父亲的工作调动,我转学过好几次。最开始我会特别紧张,但是习惯之后,就觉得不算什么了。不仅如此,每次转到新的学校,我都能够从众多关注我的目光中得到快感。我如此频繁地转学,想必老师们都很同情,所以格外关心我。我坦然接受了他们的关心,并报以温和的笑容。能够察觉到别人对自己的关心,是一种特别舒坦的感觉。我无数次对老师们表示了由衷的感谢。同时,我还很努力地把那份欣喜分享给同学朋友,好维持公平。他们很快就对我有了好感。因为,小孩子都非常敏感。只要一个人表露出一星半点的不合群,他们就会回以抗拒。我十分了解这一点。在我身上绝对不能出现被霸凌的现象。因为我是大人，我很努力地在博取所有人的喜爱，也很努力地去爱所有人。这个世界并不坏。可以说，我在幸福的每一天中，已经对人生产生了轻视。

那一年，我家搬到了静冈县的一个小城市。很快，我就喜欢上了那个地方。那里虽然偏远，但是有着美丽的自然风光。因为我一直在努力排除"讨厌"这种情绪，可以说无论到什么地方、见到什么人，我都能喜欢上。当然，我也会想念自己出生并长大的东京，但是想念又有什么用呢？我总不能因为这个就讨厌父亲吧。

那个乡下地方充满了田园气息，有着一望无际的水田。我和我的朋友要在水田间步行三十分钟上学。我和一起上学的同学都住在所谓的"镇上"。在这个地方，镇上的孩子跟乡下的孩子还是有些不一样的。我其实有点羡慕住得离学校近的乡下孩子，但是一听说他们家晚上会飞进大蛾子，我就打起了退堂鼓。学校还有海那边的孩子。他们个个都晒得皮肤黝黑，有的男孩子脑袋上还堆着一圈沙子。哲夫就是其中一员。

像我这种转学过好几次的人，通常一眼就能看出教室里谁最受欢迎，谁被人嫌弃。我的判断从来没有出过错。每间教室里都有几个处在中心的孩子，其他孩子则是他们的追随者。刚转学过去那几天，我会仔细观察并分析班上的人分别属于哪一股势力，将其做成资料牢记在心，必要的时候拿出来用于建立人际关系。若是不同势力之间爆发了无聊的争端，我就会巧妙地穿梭其中，劝说双方和平相处。不过，我不会向任何一方谄媚。我时刻都在证明着我要做我自己，用光明正大的姿态得到他们的信任。换言之,我比他们都要成熟一些。

"以后做什么事都要先问问久美子同学。"

这是他们的共同认知。久美子就是我的名字。他们从来都不会直呼我的名字,而是要在后面加个"同学"。我觉得,一定是我身上的某种气质让他们不约而同地这么做了。他们总是用敬仰的目光看我。当然,他们也知道我不会因此而骄傲自满。不过,我还是会暗暗感到骄傲,甚至有时候不得不紧紧抿着嘴唇,憋住喷涌而出的笑意。而这正是我所追求的隐忍。那是何等美妙的感觉啊。

所以,当我这个被众人敬仰的人开始接近哲夫时,班上的人都很惊讶。在我的资料中,哲夫就是那个无法融入任何一个小团体、被所有人厌弃的孩子。我是在反复确认过好多次之后,才决定接近他的。因为他被整个班的人厌弃了，多可怜啊。我最见不得身负不幸的人孤孤单单地坐在角落里。我们还是小孩子，没有义务背负不幸。

哲夫瞎了一只眼睛，安装了假眼。我一开始并没有发现，还是别的同学告诉我的。那孩子专门凑过来对我小声说："你可千万别靠近哲夫，因为他性格很差，眼睛还是玻璃球。"

我大吃一惊，还偷偷观察了哲夫的眼睛。虽然看得不太真切，但确实有点不自然。我有点不太喜欢那个得意洋洋地告诉我这个消息的同学。只因为少了一只眼睛就排挤他，这也太不人道了。

不过，我慢慢明白过来了，同学们并不是因为哲夫少了一只眼睛就排挤他，而是因为他那种厌世的态度，还有故意对别人的关照不领情的倔强。他们不知道该怎么解释那种感觉，只能说他的眼睛是玻璃球。他们为了表达对哲夫的不满，除了取笑他的眼睛别无他法。

察觉到这一点时，我心中涌出了一股难以言喻的冲动。那股冲动让我感到胸口发烫，甚至双眼含泪。我开始见缝插针地接近哲夫。哲夫，你写作业了吗？哲夫，你家养宠物了吗？我每天都要跟他像这样聊上几句。有的同学看不下去，还专门跑来劝说我。

"久美子同学，你别对那家伙太好了，小心遭殃哦。"

"为什么？有人遭殃过吗？"

"大家都害怕他，所以从来不跟他说话。上次哲夫突然把一班的一个男孩子打了呢。"

"为什么？肯定有原因的吧？"

"谁知道呢。因为男生说他只有一只眼睛，他当时就发疯了。"

"太过分了！"

我真的很生气。为什么小孩子都这么残忍呢？哲夫又不是故意弄瞎一只眼睛的。

"怎么能这样说话呢。谁也没资格随便谴责别人。"

"可是久美子同学，你太善良了。哲夫又那么臭。"

"臭？"

"反正有股味道，你走到他身边就知道了。而且那家伙身上总是有沙子。"

"因为他是海那边的孩子啊。"

"其他海那边的孩子身上都没有沙子啊。"

那天，我成功和哲夫一起走出了学校。放学时，我拍了拍他的肩膀，假装开朗地说：

"哲夫，我们一起回家吧！"

他露出诧异的表情，盯着我看了一会儿，然后说：

"我家跟你家方向不一样。"

"我知道啊，但是到半路还是顺路的嘛。实在不行，我还可以绕路啊。"

他一言不发地迈开了步子，我则小跑着跟了上去。他沉默了一路，到了我家跟他家的分岔路口，他还是对我不理不睬。

"再见，哲夫，明天见！"

空气中只有我的声音在回荡。我看着他离开的背影，心中有些憋屈。我很遗憾地想，他原来是个不懂得接受别人好意的人啊。同时，我的斗志更强烈了。这世上不可能有人讨厌我。我久久地注视着越走越远的哲夫，兴奋得脸颊发烫。当时我丝毫没有想过，自己这种想法只不过是一厢情愿。哲夫，小小年纪就已经变得不幸的人。我转过身，朝着反方向迈开了步子。割完稻子的农田在下午的阳光中蒸腾着清香。下午像秋天，到傍晚就成了冬天。我特别喜欢这样的季节。回到家没多久，温暖的蒸汽就将我笼罩。那一刻我感慨地想，自己真是个幸福的人啊。

我和哲夫的关系迟迟没有发展。我在教室经常跟他说话，放学后也经常跟他一起走，可他真的非常棘手。换作一般的男生，能得到我如此细致的关心，肯定已经乐开花了。然而，他始终没有放下那种冷冰冰的态度。我还只对他露出了最能让人内心感到温暖的笑容，他还是没有反应。看来，这小子性格真的很差劲。我想到这里，连忙摇了摇头。我对自己说：无论是什么人，都不可能天生邪恶。无论是什么人，肯定都具备了拥抱温暖的能力。

在那段令人焦急的日子中，某一天，我小跑着跟在哲夫身边，说了很多话（主要是关于我的家庭，还有曾经住过的地方）。最开始他对我不理不睬，看不出来究竟有没有在听，但是走着走着，他突然停下了脚步。我由于惯性往前走了两三步，才惊讶地转头看着他。

"你为什么一直跟着我？"

"我没有跟着你，而是跟你一起走一段放学的路。"

"为什么？"

"为什么？当然是因为想了解你啊。"

"你为什么想了解我？"

"因为你没有朋友。所以，我希望能成为那个理解你的人。"

"哦。"

"真的。我一直都在关注你。我觉得我一定要跟你说话才行。我想帮你。"

说到这里,我心里简直舒爽极了。此刻的我完全陶醉在了自己的话语中,并且深以为然。

"你真的在关心我吗?"

"嗯!"

"骗人。"

"我没有!"

"那你证明给我看。"

"……怎么证明啊。"

"跟我去我家吧。"

"哲夫不是住在海边吗?那里好远哦。"

"你不是想帮我吗?不是觉得我没有朋友很

可怜，想陪我说话吗？还是说，你只是觉得我这个独眼很稀奇，才一直跟着我？"

"……好吧，我们走。我陪你回家！"

我跟他较上了劲，开始大步向前走。世上怎么会有这么不识好歹的人？我气得都快哭出来了。在那之前，无论是多么被班上同学讨厌的人，都对我敞开了心扉。而且我更在意的是，自己以前明明能得到所有人的尊重和信任啊。

我没听见哲夫跟上来的动静，便回头去看，只见他远远落在后面，正在抓蜻蜓。我叹了口气，走了回去。

"快走吧，哲夫。你家真的很远。"

"你看，这是咸蜻蜓。"

"我知道。"

"你知道它为什么叫咸蜻蜓吗？"

"不知道。"

"因为它的尾巴尖是咸的。"

那个瞬间,我震惊得无言以对。因为哲夫竟然张口含住了蜻蜓的尾巴尖。蜻蜓似乎放弃了挣扎,又像是挺舒服的,只是轻轻抖动着翅膀,并没有过多动作。

"真好吃。你要尝尝吗?"

我吓得连忙摇头。哲夫会把它吃掉吗?我惊恐地注视着被他含在嘴里的蜻蜓尾巴。他也定定地看着我。下午的阳光从逆光的方向倾洒下来,照亮了他和蜻蜓。我后知后觉地想到他有一只眼睛是假的。阳光穿透了那只眼眸,确实像玻璃一样漂亮。

见我一直发呆,他张嘴松开蜻蜓尾巴,又把蜻蜓扔进了草丛。那蜻蜓摇晃了几下,很快就恢复过来飞走了。

"我很喜欢咸的东西。你呢?"

"我喜欢甜的。"

哲夫没有理睬我的回答,开始大步向前走。我慌忙跟了上去。经过温室后,我们便一直在田埂间行走。傍晚越来越近,我们的影子也越拉越长。我不禁有点怀疑,前面真的有海吗?

"喂,你住在海边吗?"

"没有。海比我家还要远很多很多。我只是住在去大海的方向上。"

"哦。可是你身上经常有沙子啊。"

"我确实会去沙滩上玩儿。"

"玩儿?"

"挖蚁狮的窝,拔文殊兰的根,或者发呆。"

"那你发呆的时候在想什么?"

"各种事情。说了你也不懂。"

"哲夫啊,你这样很不好。我希望你能改掉这个毛病。你用这种态度对爸爸妈妈,他们都不会说你吗?"

"我没有。"

"啊?为什么?"

"都死了。我跟奶奶住。"

我不知该说什么才好。我真的从未想过,这世上竟然有失去了爸爸妈妈的孩子。我只能一言不发,垂头丧气。

"很可怜吧。"

"……"

"你最好别招惹可怜人,因为你会为难。"

"对不起……"

"不用道歉。毕竟我不觉得自己可怜。我不

跟学校那帮人说话,是因为不想让他们觉得我可怜。我的目标才不是学校那帮人。"

"什么目标啊?"

"这跟女人没关系。你还要跟着我吗?还有两三个小时就天黑了。天黑以后,你可就回不去了。你不认识路吧?"

被他这么一说,我猛地回过神来,连忙环视四周。目光所及之处全是割完稻子的农田,而且不知不觉间,周围只剩下我和哲夫了。西斜的太阳刺痛了我的眼睛。

"你看,我说的没错吧?别招惹可怜人。"

"怎么办啊……"

我突然有点害怕,眼泪都要流下来了。

"我现在觉得自己有点像芥川龙之介在《轨道》里写的货车了。"

"什么意思啊?"

"就是去的时候兴高采烈,回来的时候胆小如鼠。"

"遇到拦路妖怪了吗?"

哲夫笑着看向我,我却怎么都笑不出来。我完全忘了这一路是怎么走过来的。不知不觉,我开始抽泣。

"哈哈哈,我家还远着呢,赶紧走起来吧。"

我陷入了绝望,两腿一软蹲在地上,捂着脸大哭起来。哲夫盯着我看了一会儿,突然开口道:

"啊,你脚下踩着一条蛇。"

我尖叫一声跳了起来。

"骗你的。现在这个季节怎么会有蛇。你真笨啊。"

我气得咬紧了嘴唇,一个劲地擦拭眼泪。哲

夫跳过一条小溪,然后下了农田。

"过来这边。"

我助跑了一段距离,奋力跳过小溪,然后跟着哲夫在农田里走了起来。留在地里的稻茬被我们踩在脚下,发出了唰唰的声音,听着很是舒服。哲夫走向一座稻草堆成的小山,一屁股坐在地上。我也学着他的样子在旁边坐下了。此时此刻,如果没有哲夫,我连家都回不去,所以我不能离开他。

夕阳把谷堆晒得暖烘烘的,我靠在上面,心里的不安也稍微平复了一些。

"好舒服啊,好想睡在这里。"

"睡着了会死哦!"

"啊?"

"骗你的。"

我无力地垂下头,摆出绝望的姿势。这时,我注意到了哲夫穿的运动鞋,发现穿鞋带的小洞里也有沙子。

"喂,你在海边发呆时,都想了什么啊?"

"不告诉你。"

"小气。"

"我说你啊,要是觉得我会单独告诉你那些事,就大错特错了。其实像你这种人,才最不会有人愿意分享秘密。"

"为什么?"

"因为假装自己很善良的人,才是最坏的人。"

"你想说我是坏人吗?"

"嗯哼。"

我又伤心起来,兀自哭了一会儿。哲夫不为

所动，一会儿拔稻草，一会儿打结，一会儿放在嘴里咬。我见他一直不来安慰我，心里有些气，就打开捂住脸的指缝偷看他。他在发呆，看起来一点都不在意我。这回，我总算明白了。想明白之后，我便发现在夕阳下被染成金色的农田就像黄昏的大海一样。也许是因为泪水模糊了视野，周围像是被一层层平静的波浪覆盖，我忍不住轻呼一声。哲夫像是被我喊回神了，转过头问：

"怎么了？"

"我觉得自己好像坐在海边呢。"

哲夫皱着脸哈哈大笑起来。我突然想，他的牙齿好白啊。

"你也这么想，对吧。真的能看见大海。"

"嗯。"

"虽然我只有一只眼睛，但什么都能看见。"

"嗯。"

我偷偷注视着哲夫的侧脸,觉得他长得很漂亮。那只假眼沐浴着夕阳,反射出点点光芒。他的耳后覆盖着一层薄薄的细沙,让我不禁感叹,不愧是海那边的孩子啊。

"我觉得我会跟哲夫结婚。"

"啊?"

我也不知道自己为什么会说出这种话。不过,我觉得自己应该是喜欢上了这个男生。每天靠在松松软软的稻草堆上,沐浴着夕阳发呆。我再也不用努力让所有人喜欢自己。即使不那么做,我的丈夫也不会在意。想到这里,我高兴极了。

"你觉得呢?我们结婚好不好?"

"不知道。"

"为什么?"

"你跟我结不了婚。"

"为什么啊?"

"因为海那边的孩子活得很苦。"

"哦?"

我有点失望,便学着哲夫那样拽稻草玩儿,心里觉得无趣极了。

"回去吧。"

哲夫突然站了起来。

"可我不认识路啊。"

"我送你到熟悉的地方。"

我不情不愿地站起来,还让哲夫帮我拍掉了身上的稻草。我对他笑了笑,他则始终保持着一脸生气的表情。

"哲夫。"

"干什么?"

"你以后要直率一些。"

"嗯。"

我和哲夫开始原路返回。太阳快要下山了，夜色开始笼罩大地，但我已经一点都不害怕了。也许是因为我已经放弃去招惹可怜人。哲夫对我来说，再也不是可怜人了。

年底，第二学期即将结束，父亲告诉我，第三学期可能要在别的学校度过了。我震惊得话都说不出来。母亲很高兴，说父亲这次是升职了，而我只觉得浑身发冷。因为我已经喜欢上了这个乡下小镇。

散学典礼那天，老师把这个消息告诉了班上的同学。所有人都大吃一惊，然后陆续有人忍不住哭了起来。看来，我惯用的处世方法在这里也获得了成功。大家都是真心敬仰我的。我站在讲台上，看着哭哭啼啼的他们。下一刻，我的眼泪也涌了出来。然而，那些源源不绝的泪水并非为他们而流淌。我在看哲夫。他没有哭，而是紧咬着嘴唇，目不转睛地盯着我。我顾不上擦拭汹涌的泪水，任凭它们流进口中。我喜欢咸的——我看着他那沮丧的表情，突然想起了这句话。

迷　路

小学四年级时，我突然意识到，男人和女人的世界，似乎不像童话里那样简单。我是在如同恋人的父母身边长大的，所以满以为男人和女人的结合极其简单纯粹。他们会因为琐碎的日常而争吵，或是因为在孩子眼中也算不得什么的事情互相嫉妒，偶尔也会大吵大闹，仿佛世界马上就要毁灭，但是在让孩子体会到强烈的绝望之后，他们睡醒一觉，又奇迹般地开始互相夸赞。换言之，我的父母是一对温暾的男女，顶多只会为烤吐司的火候或红茶的浓淡吵嘴。

最初那段时间，我真的很为难。父母一开始吵架，我就要拉上比我小两岁的妹妹去二楼思考对策。要是父母分开了，我们要跟谁走。要是姐妹俩被分开了，我们共享的玩具该怎么分。我们每次讨论的，便是这些对小孩子而言十分重要的问题。

"姐姐，由美还是想跟妈妈走。因为爸爸太不会洗头了。"

"那我就得跟爸爸走了？我才不要。爸爸脱掉的袜子和裤子都不收拾的。他不收拾，那不就得我来收拾了？"

"可是爸爸更有钱啊。"

"也对。那由美跟了妈妈就会过穷日子了。你还得去送报纸赚钱呢。"

"啊?"

说着说着,我们就陷入了绝望,只觉得世事无常,不由眼含热泪,心中涌出一阵姐妹情深之感,就这样牵着手睡着了。

结果呢,第二天早上起来,我们小心翼翼地下楼吃早餐,却看见父亲满脸笑容地泡着红茶。母亲则哼着小曲,炒着锅里的土豆。我和妹妹对视一眼,各自落座。然后我发现,今天的早饭跟往常有点不一样。

"只有爸爸早上有肉吃?"

我不可思议地看着母亲。妹妹干脆闹起了别扭。

"由美也想吃肉。"

父亲尴尬地保持着沉默,不断咀嚼食物。母

亲欢快地给吐司抹上黄油,开口道:

"你们爸爸是特别的,因为他很厉害。你们俩啊,就吃面包吧。"

"这不公平。妈妈太偏心爸爸了,由美也想吃肉啊。"

"爸爸是非常重要的人,所以能吃肉。小孩子如果不吃粗粮,就会生病哦。"

哪有这样的道理!我啜饮着红茶,心里不停地抱怨。我当然不想一大早就吃肉。早餐吃肉只会积食,到学校开早会的时间就该犯恶心了。但是,我依旧压不住心里升腾的怒火。我心想:这也太势利眼了!昨天晚上不还在吵着要离婚吗?怎么睡了一夜就和好如初了?这也太没骨气了吧。其实我已经隐约察觉到,一个晚上的睡眠背后似乎隐藏着秘密。

"由美,妈妈是站在爸爸那边的,轮不到我们来说。"

我恶狠狠地说着,拉起闹别扭的妹妹出门上学去了。

这就是我,被两个因为一点小事就争吵不休,然后很快又能和好如初的父母养育长大。所以很难怪我会误以为男人和女人的关系格外单纯。后来,我渐渐不再关心父母的争吵,只会搂着惴惴不安的妹妹对她说:

"没事的,由美。那两个人只要睡一晚上就能恢复正常了。吵架只是他们的游戏而已。"

"可是……如果只是游戏,他们为什么这么生气啊?"

我一时无言以对。

"我猜……可能是因为爸爸和妈妈没有血缘

关系吧。秘密就在这里面。"

"啊？"

"如果有血缘关系，就会真的生气。但是如果没有血缘关系，他们就不会真的生气，因为那样会没办法和好。爸爸和妈妈吵架，其实就像演戏一样。"

"啊？"

后来我问过妹妹，才知道她当时并不懂得演戏是什么意思。虽然住在这样一个充满了矛盾的家庭里，我还是过得很轻松。只是当时我还太小，并不清楚究竟是什么让我感到轻松。

我和妹妹每天都过得自由而快乐。邻居家也有两个女儿，名叫真理子和惠美。真理子比我大很多，从来不跟我们凑在一块儿玩耍，不过惠美跟我们则好得像三姐妹一样。我们经常在星期六晚上问过家长之后，到彼此的家里留宿。在别人家过夜是一种很刺激的事情。惠美来过夜时，父亲和母亲还是跟平时一样吵架，然后迅速和好，甚至一起出去散步，或者坐在窗边数星星，让我很是羞愧。

"雅美，你家好怪哦。"

惠美曾经看着我的父母，悄声说道。

"你也觉得吗？"

"嗯。我爸爸和妈妈都不怎么说话的。"

我想起了总是牵着一条大狗散步的惠美的爸爸。那是一个很安静的人，看起来不像我父亲那样，会在别人面前流露出害羞或气愤的情绪。听见我打招呼，他也只是勾唇笑笑，然后点点头。

"惠美的爸爸真的好喜欢狗呢。"

"嗯，爸爸好像喜欢狗多过喜欢妈妈。因为他总是带千吕出去玩儿。"

"那不是很好吗？我爸爸总是在家里跟妈妈黏黏糊糊的。"

惠美总是很好奇地听我议论自己的父母。

"那雅美的爸爸妈妈很可爱呀。"

我并不这么想。他们的行动总是不符合我对父母的定义，所以我有点讨厌那两个人。见我不置可否地歪着头，惠美又连说了好多次"真好啊"。

有一天，惠美突然跑到我家来了。那是一个寒冷冬日的傍晚，我正坐在被炉里看书。

"雅美，不，不好了。你快到我家来啊。快点，快点。"

我跟正在织毛衣的母亲说了一声，便快步朝着邻居家跑去。惠美涨红着脸，看着我说：

"你小心点,别太大声。"

我点点头,跟着惠美走了进去。她们家的起居室里铺着一床褥子。我觉得奇怪,便走过去看了看,然后忍不住惊叫起来。那里竟然躺着一个刚出生的小婴儿,还睡得正香。

"是不是很厉害?"

惠美看着我说。

我被这个突然出现的婴儿吓了一大跳,待在原地不知该作何反应。惠美的姐姐真理子坐在地上,戳了戳婴儿的脸蛋。

"这是哪儿来的?"

"妈妈带回来的,说是我们的妹妹。啊,她打哈欠了,你看,是不是很可爱?"

妹妹?我心里奇怪极了。惠美的妈妈确实离开了两三天,但是短短两三天怎么可能弄个孩子出来呢？再说，我可不记得阿姨的肚子变大了。尽管如此，惠美还是高兴得手舞足蹈。

"好了，你们快让开，我要喂小宝宝喝奶了。"

阿姨冲好奶粉，从厨房走了出来。我忍不住看了她一眼。她极其自然地抱起小宝宝，开始喂奶。

"阿姨，这孩子是谁啊？"

"是真理子她们的妹妹啊。"

"但她不是阿姨生的吧？"

阿姨摇晃婴儿的手停顿了片刻，但她很快就笑着对我说：

"那都不重要。从今天起，她就是我们家的孩子了。"

"妈妈，惠美一直都很想要个妹妹。"

"那真是太好了。"

真理子微笑着听阿姨和惠美说话，房间里充

满了奶味,还有幸福的气氛。这种气氛像是堵住了我这个外人的嘴巴,不让我说话。唉,算了。我没再去看那三个满脸微笑的人,独自回了家。

"妈妈,隔壁多了个小宝宝。"

"哦,是吗?"

"什么是吗,那个小宝宝都不是阿姨生的,惠美却说她是妹妹。"

"那有什么不好的。惠美不是一直都很想要个妹妹吗。家里有三个女孩子,肯定会很热闹。"

我觉得母亲也对我隐瞒了一些事情。我在同龄人中算是看书比较多的,至少知道小宝宝并不是送子仙鹤叼过来的,也知道女人不怀孕就不可能生下孩子。大人在糊弄我们!我咬紧了嘴唇。这也太过分了。可是,没有一个人站出来点明矛盾之处。

"姐姐,你去惠美家看小宝宝了吗?"

"嗯。"

"真好啊。由美也想要妹妹。"

"那个小宝宝不是惠美的妹妹。"

"为什么?她们以后都住在一起,不是吗?那不就是妹妹嘛。姐姐,你不想要妹妹吗?"

"不想要。"

"为什么?你只要由美一个人就够了吗?"

"你好烦啊。你就是桥底下捡回来的。"

妹妹开始大声哭泣。我也因为自己脱口而出的话吓了一跳。原来,那个小宝宝是弃婴啊。怎么办,原来她是别人不要的孩子。

母亲听见妹妹的哭声,朝我们跑了过来。

"妈妈,姐姐说由美是捡回来的!"

"你这孩子怎么说话的!"

"对不起，对不起。由美，姐姐是骗你的。"

我耷拉着肩膀说道。母亲见我这样，似乎心有所感，便搂住我说：

"由美是妈妈生的。但是雅美，你要记住，不管是被抛弃了，还是掉在路上了，孩子都是孩子，不会有什么不同。如果你因为这件事去取笑别人家的孩子，那妈妈就不认你了。"

我点点头。说得真好。看来我的母亲还是挺不错的。不过话说回来，邻居家的小宝宝究竟是从哪儿捡来的呢？我心里装满了对这件事的好奇。

小宝宝被命名为广子，健康快乐地成长着。惠美和真理子好像都很疼爱这个突然出现的妹妹。阿姨看起来也很开心。我放下了莫名其妙的担忧，但还是怀抱着未能解答的疑问，偶尔满心好奇地注视着邻居家。

那天也一样。我听见隔壁传来婴儿的笑声,突然很想试着哄哄孩子,便一脸艳羡地在邻居家和自己家门口走来走去。

惠美的爸爸牵着狗,正要出门散步。阿姨抱着广子站在外廊上。我正要开口打招呼,却看见阿姨光着脚进了院子,顿时吓得说不出话来。因为阿姨的脸色异常苍白。只见她震颤着声音开口道:

"这不是没办法了吗?你叫我怎么办呀。其实我也很痛苦,有时候恨不得把这孩子砸到地上摔死。"

"别胡闹了。不是你提出的要做交易吗?"

"可是……如果把孩子留在那边,那女人不就会一直缠着你了?这叫我怎么能忍受啊……!!"

阿姨抱着广子哭了起来。广子的爸爸拽着狗绳,像是要躲开大声哭叫的阿姨,快步走了出来。

最惊讶的人是我。因为我来不及跑回家里，就跟走出门来的邻居叔叔撞上了。

"叔，叔叔好。"

叔叔像是没想到我会出现在这里，一直盯着我没有说话。那一刻，他跟我所熟悉的那个沉默的男人截然不同。他皱着眉，咬着唇，怎么看都不像是名为父亲的生物。没一会儿，他转开目光，牵着狗离开了。我看着他的背影，只感觉一切的谜题都解开了。我心想：那个人跟我的父亲不一样。他跑步的姿势一看就不是会因为早上的红茶而引发无聊争吵的男人。该怎么说呢？他的背影让我想起了在电视上和我喜欢的小说里搅动男女风波的男人。

我迈开步子回了自己家。母亲正在厨房炸甜甜圈。我走进去，深吸了一口香甜的气味。

"妈妈,我可以吃吗?"

"啊,先等等,我给你撒糖。"

我啃着还有点烫的甜甜圈,弄了一手糖霜,呆呆地回想着方才在邻居家看到的那一幕。我心里嘀咕着:人生可没有想象的那样简单啊。母亲顶着满头大汗,还在厨房里炸甜甜圈。我隐隐约约感觉到,让我在这个家里过得轻松快乐的存在似乎显现出了轮廓。

后来,我上了初中,生活变得越来越繁忙,便不再去思考自己家与邻居家的不同。我忙着社团活动,忙着为初恋烦恼,根本顾不上别人的事情。再说,广子也不需要我担心,健健康康地长大,还上了幼儿园。我看着她,突然想:这孩子不知什么时候才会知道自己身世的秘密。惠美和真理子好像真的把她当成了自己的妹妹。阿姨也一样,无论怎么看都像把广子当成了亲女儿对待。

但是那一天,妹妹走进我的书房问道:

"姐,广子妹妹不是邻居阿姨的亲女儿吧?"

我正趴在书桌上给喜欢的男人写信,闻言惊讶地转过了头。只见由美一脸困惑地站在那里,看上去很不安,恰似我得知秘密那天。

"你知道吗?"

"大家都知道。"

"怎么说呢?由美,这件事其实不算什么。无论广子在哪里出生,都不重要。"

"嗯。"由美欲言又止。

"上次我不小心看见了。"她还是开了口,"邻居阿姨一边给广子吃点心,一边对她说话。"

"她说什么了?"

"阿姨弯下身子,双手搭在广子的肩膀上,

让视线跟她处在同样的高度，盯着她看了好一会儿才说：'广子想吃什么点心，想吃多少，妈妈都给你吃哦。你做什么妈妈都不会生气骂你哦。你想要什么，妈妈都给你买。因为广子是别人家的孩子哦。'她一直对广子说这些，反反复复说了好多遍。"

"……广子是什么反应？"

"嗯，她双手捧着点心，笑着说谢谢妈妈，也说了好多次。我真的看不太懂。"

那个瞬间，我觉得背后发凉。不知广子什么时候才会参透那些话背后的意思。到了那个时候，她又会作何感想呢。当笼罩在雾气中的家庭环境显现出明确的轮廓时，她就会明白自己的生活完全是一场虚构。

"由美，这件事你别对任何人说。"

"我才不会说呢。不过我猜,真理子她们应该是知道的。真理子和惠美不是一天到晚吵架吗?但她们都对广子很好。"

"因为广子年纪最小吧?"

"嗯……可是姐,你之前不是说过吗?如果没有血缘关系,就没办法和好了,所以才不会真情实感地吵架。所以爸爸妈妈吵架都只会小打小闹,不妨碍和好。"

"我说过吗?"

"你忘了?好笨哦。"

我感觉年幼时的自己好像更会认真地思考问题。就拿我正在写的这封信来说吧!!虽然没有具体的原因,但我就是喜欢你——这就是信的开头。一般不是该先说明原因吗?我愁得头都大了。

"姐啊,广子现在还什么都不懂,应该不会有什么事吧。我猜她应该是被领养回来的。姐,你知道吗?"

我摇了摇头。那天邻居阿姨光着脚,站在院子里哭泣的模样还鲜明地印刻在我的脑海中。想砸到地上摔死。阿姨当时是这样说的。尽管如此,她还是稳稳地抱着广子。说不定是广子牢牢地吸附在阿姨身上。也许,当时阿姨心中那种难以消弭的不甘,最终变成了妹妹所讲述的那些行为。

"如果我是别人家的孩子,会不会被妈妈那样唠叨啊……"

由美天真地喃喃道。我突然很讨厌她,扯了扯她的头发。妹妹没有像过去那样哇哇大哭,而是扑过来跟我打作一团。听见我们在房间里的动静,楼下的母亲把我们怒斥了一番。

两三天后,广子突然不见了。听到惠美传来

的消息，我们家的人都很担心，也出去找她了。我们把她可能会去的公园、河边和幼儿园都找了一遍，但怎么都找不到广子。也没有任何人见到过她。

邻居家的叔叔得到消息，就从公司赶了回来。叔叔对阿姨怒吼的声音都传到了我家屋里。

"怎么搞的呀？姐，这都傍晚了，她不会被拐走了吧？"

"别说那种话！！"

母亲斥责了妹妹。我心里涌起了不好的预感。我想，说不定，广子出去寻找自己真正的家了。可是，她根本没有真正的家，因为她一出生就被带回邻居家了。不知为何，我突然很痛恨邻居家的叔叔。一切都是那个人和广子的亲生母亲造成的。他们为什么要做那种事？想到这里，我脑中浮现出了阿姨的脸。我又想，在那段时间里，叔叔把广子的母亲放在了比阿姨更重要的位置上。阿姨被叔叔厌弃了。为什么？阿姨做了什么遭人厌弃的事情吗？如果真的做了，那不就是连阿姨也有责任了？唉，想不明白。我脑中闪过了广子独自走在黄昏中的小小身影。不管怎么说，那么小的孩子是不可能有责任的。我真的不知道自己该怪谁了。真要说的话，我痛恨那个让一切事情变得更复杂的大人的世界。这种火气郁积在心中，无处发泄。

"广子——广子——"我们大声呼唤着她的名字，四处寻找，但是无功而返。等到筋疲力尽地回到家中，天已经黑了。

阿姨始终铁青着一张脸。惠美担心得直哭，真理子则拍着她的背给她顺气。只有叔叔低下头对母亲道谢,并说如果广子再过一会儿还没有回来,就去报警。

就在这时,广子被警察叔叔领回来了。我们全都松了一口气。听警察叔叔说,广子竟然沿着河自己走到了邻镇。

"这还没完呢,各位。"警察叔叔颇为诧异地描述着当时的场景。

"天都快黑了,这个小姑娘却在河边不知道埋什么东西,我就走过去询问了。结果她说,她在埋干粮。我吓了一跳,再仔细看,竟然是点心。小姑娘还说,她在别的地方也藏了好多点心。你们说,这究竟是怎么回事啊?到处埋吃的可能会引来野狗,所以家长们要注意一下。"

我们同时看向广子。广子垂着头,踢了地面一脚。

"广子,这到底是怎么回事?大家都很担心你,连邻居家的叔叔阿姨和姐姐们都出去找你了。"

叔叔摇晃着广子的肩膀说道。

广子抬头看了我们一眼,回答:

"我怕我长大了没吃的,所以想先把干粮藏起来,以后就不担心饿肚子了。"

叔叔目瞪口呆地看着广子。这时,阿姨突然推开叔叔,抱起广子开始打屁股。广子立刻号啕大哭起来。不过,叔叔并没有阻止。

"你这孩子!你这孩子!害我们这么担心!你家里多的是吃的!!"

阿姨打着打着就哭了起来。广子的哭声也越来越大。警察叔叔左右为难,用求救的目光轮番看着我们两家人。但是,谁也没有上前阻止阿姨。

知　了

　　你知道知了肚子里装着什么吗？其实什么都没有。真的。因为我曾经扯掉知了的肚子看过。那肚子一抽一抽地颤动着，里面真的什么都没有。我觉得自己被骗了。当然，如果里面涌出一堆五颜六色的内脏，我可能会被吓晕过去。但那至少很吓人啊。谁知道知了的肚子里竟然空荡荡的呢。直到现在我还记得小时候的各种不可思议的发现，其中印象最深刻的，就是知了的肚子。那是我小学四年级发生的事情。

我很无聊。那还是我出生以来头一次清楚地感觉到自己很无聊。因为那年夏天,母亲不在我身边。她住院生弟弟去了。姨妈为了照顾我,住到了我家来,但是她还年轻,对我这个小孩子似乎没什么兴趣,一天的大部分时间,我都得一个人度过。为此,我被迫知晓了什么叫无聊。

我甚至想念起了那个唠叨的母亲。我不得不在没有任何制约的情况下活过那个夏天。在那个时候,我才终于领悟到那是一件多么艰难的事情。我没用多久就意识到了一个事实——曾经让我觉得很烦的老师和母亲,原来是小孩子生存的必要条件。我被遗落在失去了必要之物的闷热空间里,顿时没有了方向。

我不讨厌夏天。每天早上的广播体操可以算

是美好的回忆,跟左邻右舍的孩子相约一起去游泳馆,结束后再来一根冰激凌的活动也充满了魅力。可是,我每天至少会有一个发呆的瞬间。我想着,我究竟是谁,然后呆立在原地。那种感觉就像是被暑气困住了前进的脚步,耳中只剩下聒噪的蝉鸣。在那个瞬间,耳中的声响,已经不是生物的鸣叫,而是将被遗落在夏天这个空间的我与全世界隔离开的声帘。

我出了一身汗,脑子昏昏沉沉。我甚至开始想,我真的还活着吗?被阳光灼烤的空气在我体内激发出了莫名的负面情绪。我在小小的年纪就发现了自己被夏天所腐败的内里。夏天做什么都行。我的怠惰在这一刻便开始生根发芽。

长大以后,我成了一个温暾的人,所有强烈的情绪好像都被罩上了一层薄膜。此时此刻,在这个闷热的夏天，我依旧能感觉到内心一角显露出了轻微的腐败。我因为怠惰而支着下巴无所事事，接着想起了知了的肚子。那样的肚子，应该称作空洞吗？我突然感到这世间的所有嘈杂，都显得无比空洞。这时，我想起了自己从出生到现在做过的种种坏事。我从未做过犯法的事情，但是做过许多无法定罪的恶行。我杀了好多人，还杀了好多动物。所幸，那些都是只发生在我心中的事情。然而我亲手撕下了知了的肚子，这却是无法磨灭的事实。如今回想起来，我认为那是我犯下的最明确的罪行。

那时，父亲兴奋地对我说：

"真实，妈妈这段时间不能待在家里了。"

"她要去哪儿啊？"

"她要在你姥姥家住一个星期，然后住进医

院。"

"妈妈生病了吗？"

我有点害怕地问父亲。只见父亲羞赧地挠了挠头。他那副样子看起来像个少年，我觉得毛骨悚然，忍不住一直盯着他看。

"没有。是真实马上就有弟弟或妹妹了。妈妈去医院是为了生小宝宝。你很快就要成为姐姐啦。"

我想，原来是这样。所以母亲的肚子才会那么大呀。话说回来，母亲好像对我说过类似的话。

"我怎么突然就要当姐姐了？小宝宝怎么会跑进妈妈的肚子里啊？好奇怪。爸爸，你知道为什么吗？"

父亲被我问得一愣，花了好一段时间组织语言。

"我看妈妈的肚子一点点变大了。那就是小宝宝吗?"

"妈妈不是告诉过你吗?"

"可能有说过吧。不过我很忙,所以忘了。我还以为是妈妈长胖了。"

"那是妈妈肚子里的小宝宝在慢慢长大。"

"啊?原来小宝宝是在肚子里长大的呀。可是小宝宝为什么会跑到妈妈的肚子里呢?难道是从肚子里冒出来的?"

"不,不是哦,真实。小宝宝本来是一颗种子,落到妈妈的肚子里就发了芽哦。"

"哦?那是谁播的种子啊?"

"那、那当然是爸爸呀。"

"嗯,原来是爸爸干的坏事啊。"

父亲的脸涨得通红。现在回想起来,当时还

年轻的父亲被我问了这么多问题,其实挺可怜的。不过,那时我内心其实有种恶作剧的情绪。虽然只是一种朦胧的感觉,但我知道,如果我追问小宝宝是怎么变出来的,会让父亲十分窘迫。

"真实,你怎么能说爸爸干坏事呢。"

"为什么?我放暑假妈妈不在,不就是因为爸爸吗?妈妈不在,我好无聊哦。虽然姨妈会给我做饭,但她其他时间就坐在房间里看书,都不陪我玩儿。"

"那爸爸今天陪你玩儿,好不好?真实喜欢玩什么?洋娃娃?"

我瞪了父亲一眼。一提到女孩子就只能想起洋娃娃,我对父亲的这种想法很是不屑。我就这么一言不发地看着父亲,他更窘迫了。

"爸爸不用陪我玩儿,但是明天就要去学校

了,你记得给我的绘画日记盖章哦。"

"这,这样啊。"

父亲松了一口气,露出僵硬的微笑。我依旧怨气十足地瞪着父亲。

去学校的日子对于已经厌倦了放假的孩子们来说,是值得高兴的一天。每个人都叽叽喳喳个不停,让老师很是为难。但是在我们看来,就连老师的斥责都是让人高兴的。调皮的男孩子都被晒得黝黑,看着他们那副模样,连我都变得开心起来了,真不可思议。

发完印有注意事项的资料和行程表后,老师对我说:

"冈田,听说你妈妈要生小宝宝了?"

"是的,老师。"

"你要当姐姐啦,恭喜啊。老师就是独生子

女，知道家里没有兄弟姐妹是一件多么无聊的事情。有弟弟妹妹陪伴是好事哦。"

我一点都没有即将成为姐姐的感觉，只能默默地听老师说话。我觉得很奇怪，为什么每个人都认为我即将迎来幸福。我只是无聊到了极点而已。但我并没有厌烦，可能是因为那时学校里充斥着喧嚣的氛围。暑假的教室很清凉，我感觉舒服极了。

到了放学时间，我跟几个关系好的女生留在教室里聊了一会儿天。约好一起去游泳，还有去彼此家里留宿的日子，这对我们而言是非常重要的谈话。我们正聊得起劲，就见两三个男生走过来，对着我说：

"冈田，你家要有小宝宝了？"

"对呀。"

他们哄笑起来。

"哦？冈田家的爸爸妈妈都是大色鬼！"

"什么意思？"

"冈田，你知道小宝宝是怎么生出来的吗？"

我神色迟疑地看着他们。几个女生朋友面面相觑，沉默了片刻，然后纷纷笑喷了。

"讨厌啦，你们到底在说什么呢。快给真实道歉。"

"就是。你再调侃女生，小心我告诉老师！"

大家纷纷发出了不满的声音。女生们都假装是我这一边的。但是我心里清楚得很，这些女生的话语里都掺杂着对男生的讨好。

我气得站了起来，一把揪住刚才用问题调侃我的男生。

"哇，冈田生气了！"

"吓死人了!"

"真实,快住手,快住手啊。"

男生一哄而散,而被我揪住的那个人也被我意料之外的怒火吓到了,企图挣脱逃走。我实在太生气了,根本不知道自己在做什么。等到我回过神来,才发现自己正在奋力追赶那个男生。

男生边跑边回头,每次看到我,都会吓得面色发白。

没一会儿,男生就气喘吁吁地停了下来。我在后面猛地一扑,两个人顿时砸倒在地。紧接着,我跨坐在他身上,疯狂地甩起了巴掌。他一点都没有反抗。打着打着,他开始冒眼泪,有气无力地哭诉道:

"你生这么大的气干什么啊!我不就是调侃了两句。你太过分了。"

我终于恢复理智，死死盯着那个男生。他已经被我打出了鼻血。

"对不起，是我过分了。"

我挪开身子，坐在了地上。

"冈田，你也太凶残了。"

男生缓缓撑起身子。我们两个都出了一身汗。我甚至能感到汗水顺着背部滑落。一滴又一滴，在背上留下一道道水痕。我盯着他看。

"你知道吗？"

"啊？知道什么？"

"你知道小宝宝是怎么出生的吗？"

"知道啊。"

"谁告诉你的？"

"松本觉得很好玩儿，就告诉大家了。他说他是看哥哥的书知道的。"

松本是我们班上的人。我想起了那个高个子、像小大人似的同学。

"那你也告诉我吧。"

"不要。"

"不告诉我,我就继续揍你。"

男生不情不愿地凑到我耳边,说悄悄话似的开了口。明明周围没有人听,他还是压低了声音。我们都已经明白,那种事只能小声说出来。

我跟他道别,回到了家中。回家的路上,我耳朵里一直回荡着他告诉我的那些从未听过的词。我甩了甩头,想把那些话赶出脑海,但是没有用。那些多余的知识一直震荡着我的耳膜,让我呆滞地走进了家门。

那天下午,我无所事事地坐在外廊上。我无事可做,或者说,什么都做不成。我的身体仿佛被知了的叫声束缚了。那些叫声宛如一条条细绳，紧紧缠绕着我的身体。

男生告诉我的几个词一直在脑中回荡。我不禁想，好吵啊。我又想，吵得好像耳朵里停了一只知了。我烦躁得差点尖叫起来。可是，耳中的蝉鸣让我叫不出声。它们用叫声占领了所有的空气，没有给我的尖叫留下一丝缝隙。

我感到内心深处涌出了一股炙热而黑暗的东西。我发出了无声的呐喊。都去死吧！我想起了那个男生的面孔。憎恨涌上心头，让我咬牙切齿。他怎么不去死呢。真的吵死人了。我试着想想他死去的面容。接着，我又想到了那些笑声娇俏的女同学。她们也去死吧。我想象中的女生都像死人一样紧闭着嘴，合起了双眼。闭嘴！！当时，我恨不得所有人都去死。闭上嘴巴去死。那一刻，我轻而易举地想象出了以前从未想过的死亡的画面。全部，全部，都去死吧。

我为什么会有如此可怕的愿望？我只想求得一丝安宁而已。我只想在一个安静的、什么都没有的地方好好休息而已。可是，夏天让我无所遁形。

知了的叫声。不顾他人感受的孩子。笑容羞赧的父亲。丢下我离开的母亲。这一切都让我无比烦躁。我不禁想，人在夏天会变得很奇怪呢。

无法从蝉鸣声中读出情绪的孩童时代。其他人都是怎么熬过这个季节的？想来，那段逐渐懂得了许多，却尚不知晓初恋这种通过他人获得愉悦之事的几年，是我过得最不如意的几年。在那段既不能算青春期，也不能算叛逆期的时间里，我真心实意地痛恨着一切。

"欸，真实你回来啦。"

姨妈拿着装了麦茶的瓶子和书,正要走上二楼。

"你坐在这儿干什么呢?想吃点心吗?冰箱里有冰激凌。"

"不要。"

"怎么了?难道今天回学校被欺负了?"

"没有。"

"那你坐在这儿干什么?真是个怪孩子。"

"知了叫得太吵了。"

"啊?是吗?挺好的呀,有夏天的气息。"

"它们为什么这么吵?就不能安静点吗?"

"你问我,我也不知道啊。这孩子真奇怪。"

"姨妈,你知道小宝宝是怎么出生的吗?"

"知道啊。"

姨妈玩味地看着我,然后补充道:

"生小孩要做快乐的事情哦。等真实长大了就明白了。现在嘛,哈哈哈。"

说完,她就笑着跑上了楼。我听着她的脚步声,忍不住咬紧嘴唇。她的脚步声好吵啊。姨妈怎么不去死呢!

我突然很想哭,只觉得自己被抛弃在了这片噪声中。我周围已经死了好多人。我何等孤独。可是,我却从未想过杀死这个孤独的自己。我真是个任性的孩子。我痛恨着世上的一切。

就在那时,一只知了从庭院的树上飞到了我身边。我吓得跳了起来。知了在外廊地板上蠕动着,不一会儿就安静了。我盯着它看了好一会儿,然后出于好奇,摸了摸它的翅膀。

"死了。"

突然死去的知了让我极为震惊。它刚才还在

树上叫得烦人,为什么下一刻就死了呢?真是太不可思议了。

我轻轻拾起知了,放在手心上。已经变成一件死物的知了再也不会使我烦躁了。我盯着知了的尸体看了很久。我不知道自己为什么突然产生了把知了肚子扯下来的冲动。总之,我怎么都抑制不住那种冲动。因为我很想知道,这小小的身体究竟是如何发出这么大的声音的。那时,我还不知道蝉鸣的原理。

我战战兢兢地扯了扯知了的肚子。环状部分被撕开了。那个瞬间,我有些迟疑,但是已经停不下来。我扯开了知了的肚子。结果呢?我发现里面竟然什么都没有。难道知了的内脏都集中在头部吗?我越想越不明白。与此同时,我的手指一松,知了的两截身体掉在了地上。在我眼中,它突然从憎恨的对象变成了昙花一现的生命。我的心脏开始剧烈跳动。我不断地告诉自己：这不是我杀死的，它只是来到我这里，然后自己死了。我猛地害怕起来。但是，那两截被扯断的知了尸体已经成了无法磨灭的事实。我跑进洗手间，使劲搓洗双手。可是，无论我怎么洗，还是觉得自己的手很脏。尽管外面是大太阳，我站在昏暗的洗手间里，还是起了一身鸡皮疙瘩。

那天夜里，我问父亲：

"爸爸，知了是怎么叫的？"

"不知道呢。好像是摩擦翅膀发出响声吧。"

姨妈反驳道：

"不对，姐夫，应该是屁股的部分振动发声吧。"

"是吗？"

到头来，他们两个都不知道正确答案。对于蝉鸣的原理，他们讨论了好一会儿，然后同时问我：

"你问这个干什么？"

我没有回答。我怎么能说是因为自己扯掉知了的肚子，发现里面空空如也呢。要是他们再问我为什么要扯掉知了的肚子，那该怎么回答啊。我只不过是一时没有控制好心中的憎恨而已。我内心涌动着因夏天而起，又被知了催化的无穷憎恨，而我却不知该怎么处理。

翌日早晨，知了的尸体被一群蚂蚁搬到了院子里。那些蚂蚁看起来就像送葬的队伍。我轻轻咳嗽了一声。阵雨般的蝉鸣还是不停地落在我身上。我想到隐藏在树木间的知了，忍不住抬起了头。它们在哪里呢？我个子太矮，实在是看不见。真的好吵啊。我心里只有这一个想法。一想到那只突然死去的知了，我就再也生不出憎恨的情绪。我彻底失去了气力，全然想不起自己之前为何那么烦躁。

不久后，母亲抱着弟弟从医院回来了。父亲欣喜若狂，一直黏着小宝宝不离开。"怎么样，这孩子很像我吧？"他缠着我，对我说这句话，让我哭笑不得。我觉得弟弟跟谁都不像。他皱巴巴的，根本不像个人，反倒更像虫子。

"真实，你觉得弟弟像谁？还是更像爸爸吧？"

"哪里，还是更像我才对。真实，你看弟弟是不是最像妈妈？"

我没精打采地说：

"都不像。他长得像虫子。"

父母惊愕地看着我。现在母亲终于回家了，我却一点都感觉不到幸福。父亲和母亲都围着弟弟转，似乎把我忘记了。我怀着颓唐的心情，注视着抢走了所有关注的弟弟。

突然，我脑中响起了调侃我的男生说的话。嗯……我又看了一眼弟弟的脸。如果男生对我耳语的话全部属实，那就太奇怪了。如果这个婴儿的降生是那种行为的结果，那简直太不可理喻了。那一刻，我已经完全忘记了自己也是同样的来历。

弟弟看着我，骄傲地笑了起来。至少在我眼中，他是这样笑的。臭小子，得意什么！我心里想着，扯了扯弟弟的耳朵，想要给他点教训。可能扯得太用力了，弟弟开始哇哇大哭。我吓了一跳，连忙抱起弟弟哄他。因为我怕被母亲责骂。

弟弟哭得越来越大声。我学着母亲的动作摇晃着他，想让他安静下来。

"好了好了，要乖乖的哦。好了好了。"

弟弟还是哭个不停,哭声仿佛不间断的尖叫。我开始烦躁了。

"吵死了!!"

我不再哄弟弟,把他放下了。这时,我想起了那个诅咒一切的下午。不行!!我尝试让自己冷静下来。可是,已经来不及了。我大声喊道:

"你怎么不去死啊!"

突然,母亲一把按住了我的肩膀,然后脱掉我的内裤,开始打我屁股。

"你这孩子,怎么能对弟弟说那种话!!快道歉!!否则妈妈不饶你!!"

她尖叫着,一直打我屁股。我痛得咬紧牙关,但没有哭出来。我一个劲地瞪着弟弟。那是我弟弟,又不是我弟弟。我眼中看见的是让我分外烦躁的知了。是扯开肚子后发现里面空空如也的知了。

母亲终于停了下来,抱起了弟弟。不可思议的是,弟弟一被她抱起来就止住了哭泣,转而露出笑容。我看见那一幕的瞬间,不受控制地抽泣起来。泪水如同断线的珠子般滑落,这回换成我哇哇大哭了。母亲吓了一跳,赶紧把我拉到身边说:

"对不起啊。不过,真实刚才真的做错事了。"

我听着母亲温柔的话语,愈发想哭了。我感到一股暖流注入心中,然后我发现,原来自己才是肚子里空空如也却吵闹个不停的知了。一想到人在希望有人填满自己的空洞时就会哭泣,我的心中顿时充满悲伤。我才应该去死。我天真地想着。可是,如果死后要被扯掉肚子,我还是暂时别死好了。

小鸡的眼睛

看到那个男生的眼睛时,我突然有种莫名的熟悉感。只是,我一时间无法想起那熟悉感究竟出自哪一段记忆。当时我还是个初三的学生,而且觉得这个年龄不应该有感怀的心情,所以当那种缥缈的情绪笼罩了我的心胸,在我心尖上留下细小的水滴时,我先是惊诧,继而陷入了混乱。

他,相泽干生,站在讲台上,用澄澈的眸子注视着下方的教室。我们全都好奇地看着那个转学生，不时与旁人交头接耳。而他全然不为所动，静静地听着班主任向全班介绍他。

"……所以从今天起，相泽将跟你们在一个班上学习。虽然距离毕业已经没有多少时间了，但老师还是希望你们能够友好相处。相泽，你也打声招呼吧。"

老师看着他，示意他说话。可他只是站在那里，没有动作。我忍不住抬头看向他，以为他是紧张了。然而并非如此。他特别冷静。那双澄澈的眸子眨也不眨，像在盯着什么东西看。我不知道他在看什么。我觉得，他好像在注视着某个只有他能看见的东西。也就是说，他走神了，连老师说的话都没听见，让人一眼就能看出来。

老师涨红了脸，轻咳一声。

"喂，相泽，喂，你听见没？！"

他猛地回过神来，诧异地看着老师。

"你连打招呼都不会吗？"

他耸了耸肩，然后鞠了一躬。我们顿时哄笑起来。他明明跟我们是同龄人，却散发着一股超然的气质，让人觉得特别好笑。班上几乎所有人都很讨厌班主任，所以他的态度反倒让我们很有好感。他走向教室最后排的座位时，我们交换了一个眼神。就这样，干生成了我们班的一员。

干生没有主动跟别人说话，但他身上那种缥缈的气质已经足够吸引大家的注意了。每到下课时间，就会有几个男生围到他的座位旁，对他问这问那。而在不远的地方，又会有几个女生竖起耳朵听他们说话。大家都很想知道这个不合时宜的转学生身上有什么秘密。可是干生交谈时总能巧妙地略过自己的个人信息，我们只打听到了他以前在哪个学校上学。

"相泽君很不错,对吧。"

"我觉得他特别成熟。"

我和几个玩得好的女生小声议论着。我想,相比已经看惯的男生,转学生总是会帅气上几分。而我更好奇的,其实是撞上他那双眸子时心里涌出的那股感怀的情绪。我觉得很不可思议,为什么自己会对一个初次见面的人产生那种情绪?我试着在并不牢靠的记忆中搜寻,并没有找到答案。我感觉心里装了个解不开的难题,有点堵得慌。

那天以后,我的每一天都过得有点烦躁。无论上课还是下课,换言之,只要待在学校,我几乎都在偷看干生。他作为转学生,自然是最受瞩目的人,而我对他的注视却并非出于好奇。我真的很想驱散心中的那种烦闷。这世上最让人气恼的,恐怕就是想要记起一件事,却怎么都想不起来,也抛不开。我看着干生,有时还会产生一种咬牙切齿的心情。

他好像总在走神。也许走神这个形容并不正确。因为他的眸子总在认真地看着什么东西。然而,那个东西似乎并不存在。他的目光经常聚集在一个点上,仿佛空气中飘荡着什么对他而言极其重要的东西。他究竟在看什么?我有时会顺着他的目光看过去,自然是什么都看不到。他那双一眨不眨的眸子还总是湿润的,让我看了很是疑惑。我只能确定,他真的很认真地在做这件事。

"喂,亚纪,我能问个问题吗?"

某天,好朋友春子有点为难地开口道。

"什么?"

"那什么,大家都在说你喜欢上相泽君了。"

我吓了一跳，忍不住指着自己的胸口。

"我？为什么？"

"因为大家都发现你总盯着相泽君发呆。"

"怎么会……"

我露出极度为难的表情，一时间不知该说些什么。我的确总是盯着他看，可那并不是因为被他吸引了，跟情爱完全没关系啊。

"不是啦。不过，大家都这么觉得吗？"

"嗯，真的很像。"

"糟糕了。"

为了平息那个让人不自在的谣言，我决定短时间内不盯着他看了。结果这么一来，我的行为反倒变得很僵硬，尴尬得我冷汗直流。这时我才发现，自从认识了干生，在短短几周时间里，我就养成了偷看他的习惯。

上课时，老师点名让干生回答问题，班上的同学会齐刷刷地扭头看我。我不用回头都能感觉到他们憋着笑的情绪。为了让他们明白这只是个误会，我努力假装平静，可是越装就越觉得脸热，额头上还冒冷汗。我很想哭。为什么事情会变成这样？我看着干生，不过是想为解不开的谜题寻找答案而已。我对自己的不设防感到一阵烦躁。对于马上就要参加升高中考试的学生来说，恋爱的小道消息无疑是恰到好处的舒缓方式。

那天放学后，班上的人都留下来商量秋季学园祭的事情。因为要从男生和女生中各选出一名执行委员，班长开始征求候选人。一个男生举起手说：

"相泽和亚纪怎么样？"

全班人同时鼓掌。我从刚才就一直低着头，

生怕有人开这么个可怕的玩笑。只可惜,我越是逃避,就越容易把心思暴露在他们面前。

班长有点为难地说:

"亚纪倒还好,相泽君是刚转学过来的,没问题吗?"

"可是我觉得,在毕业前总该创造一个美好的回忆吧。"

"对呀对呀,而且他们两个还挺般配的。"

所有人都不负责任地大笑着。为什么会变成这样呢?我低着头,强忍着泪水。我已经说过很多次了,我盯着干生,只是为了寻找那种熟悉感的出处而已。

这时,干生站起来说:

"我愿意。如果大家不介意我刚转学过来,那我就接受这个任务。"

"好！！"

男生爆发出欢呼，或是吹口哨，或是鼓掌，一个劲地对我和干生起哄。女生有点同情一言不发的我，对男生发起了反驳。

"你们别这样，亚纪好可怜啊。"

"为什么？大家都知道亚纪喜欢相泽啊。"

"就是，我们只不过是帮了他们一把。"

"大家请安静。还是投票决定吧。同意的人请举手。"

班长话落，所有男生都举了手。接着，刚才只在观望的女生也开始举手。包括春子在内，那几个跟我关系好的同学，全都沮丧地把手支在桌子上。

"这就算决定了吧。"

提议的男生高兴地说完，干生也站了起来。

"那就结束吧。"

然后,他在全班人惊讶的目光中,抱起书包走到我的座位旁,低头看着我说:

"走吧。你家在吉祥寺对不对?我刚好也要坐中央线。"

我实在太过震惊,只抬头看着他,什么话都说不出来。这是千生第一次直接跟我说话。而且,还是在所有人的注视下。

我点点头,慢吞吞地站起来,开始收拾东西。那时我已经自暴自弃了。反正不管我再怎么挣扎,传言都不会消失。我和千生结伴走出了教室。背后不断传来男生们的感叹,说什么真有他的,说什么好会啊。

我和千生沉默着走了一会儿。我还是第一次跟男生结伴走路,心里难免有些紧张,但是想到我得跟他解释清楚,便鼓起勇气开了口。

"那个,其实我并没有像大家想的那样。我也不知道那些传言是怎么传出来的……"

干生瞥了我一眼,然后笑了。

"我知道。不过,你确实总在看我,不是吗?"

我只觉得脸蛋开始发烫。

"你发现了?"

"嗯。我一直很好奇为什么。"

我叹了口气。原来他一直都知道我在偷看他,而且还察觉到我的目光中并没有初恋的甜蜜感。我觉得自己得到了一个战友,心里顿时轻松了许多。看来,他是一个能对事物做出正确判断的人。

"其实吧……"

我道出了从第一次看见他的眸子时,就一直放在心中的疑惑。他好奇地听着我的话,但是同样感到疑惑。

"可我是刚搬到东京来的,以前应该没见过你。"

"嗯,我知道。但我真的对相泽君的眼睛有印象。"

"哦?那好吧。"

说完,干生再次沉默了。我发现他又一次露出了那种眼神,心里不由得慌了。我到底在什么地方看见过那样的眼睛呢?

"相泽君。"

"啊?"

他回过神来,看着我。

"你刚才在想什么?"

"没什么啊。"

"骗人,你绝对在想事情。不然就是在看什么东西。"

"比如？"

我答不上来，摇了摇头。他笑着拍了拍我的肩膀。

"你不用在意大家说的话。那种流言根本不算什么。"

"相泽君你好成熟啊，好像比我们领先了很多似的。班上有很多人喜欢你哦，我还听见几个女生对着你犯花痴呢。"

干生咬了咬嘴唇。

"没什么。那都不算什么。"

他满不在乎地说完，再次闭上了嘴。他的样子让我觉得，他心里好像装着我根本无法企及的东西。我突然有点伤心。他显然不打算跟我有更多的交流，而我对此有点同情。我想象他有段破碎的过往，导致他对包含我在内的一些琐事都无法产生兴趣，忍不住叹了口气。他背负着我们这个年龄的人难以承受的东西。他看起来就像是那样的人。

从那天起，班上的人就把我们当成了一对。我没有解释。虽然我没有像他们说的那样跟干生在一起，但我确实很关注他，而且在开完学园祭的执行委员会议后，我们依旧保持着一起回家的习惯。我能感觉到他渐渐对我敞开了心扉。跟我在一起的时候，他已经不再露出那种走神的表情。他很爱笑。看着他，我也会笑。我很喜欢他的笑脸，因为他笑起来就能让我忘记那种熟悉的感觉。他虽然只是我刚认识不久的男生，却已经走进了我的心里。想到他，我心中只有快乐。

尽管如此，我还是知道，干生在没有跟我说

话的时候,还是会目不转睛地注视着什么东西。我已经不再觉得那双眼睛很熟悉了。我对他的好感已经让我不再生出那种感觉。我知道,每当他露出那种表情,心里一定不是幸福的。一想到他不幸福,我就会伤心。当时我已经有了足够成熟的心态,希望让自己喜欢的男人得到无忧无虑的幸福。我真实地感受到了降临到我头上的初恋。那是我从未体验过的感情。人在想起那些酸酸甜甜的记忆时,就会忍不住露出笑容。这跟我的感觉很相似。我不想让他处在会让他伤心的地方。与其说担心他,其实是预感到自己可能会跟着伤心。我放任自己产生那种想法,然后原谅了那样的自己。我要开心起来,就必须让他开心起来。当然,我没有把自己的心情告诉他。虽然我们已经是能够亲密交谈的关系,但他依旧死守着自己的领地，不允许我进入。所以，我只能充当一个能让他放松身心的朋友。

"相泽君，你转学的时间也太奇怪了，是因为爸爸的工作吗？"

听了我的提问，干生脸上闪过错愕，但很快就用极其开朗的语调说道：

"不是。我爸生病了，没办法工作，所以现在是奶奶带我。"

"你爸爸很不好吗？"

"怎么说呢，我是过来躲债的，但是好像已经没必要了。"

"……那你妈妈呢？"

"谁知道。我很小的时候她就离开了。据说是跟男人私奔了。我是不是很惨？"

"怎么会……"

我之前还以为那种不幸的家庭只存在于小说和电视剧中，顿时慌了神。

"别摆出那种表情啊。刚才都是骗你的。开玩笑。现在哪里还会有那种事。"

干生说着，拍了拍我的背，然后笑了起来。我心里还是很难受，但是因为他触碰了我，我心情很快就好转了。也许喜欢的人就在自己面前，是能让一个人忍不住平静下来的。总之，他在我面前笑了。只要是这样便好。正因为如此，我才更害怕。在我看不见的地方，他会不会吃了很多苦头？一想到这里，我的心就像笼罩上了阴影。

"亚纪喜欢我吗？"

干生突然这样问，把我吓了一跳。我觉得全身的热量都集中在了脸上，仿佛随时都要晕倒。

"你为什么问这个啊？"

"因为我猜到了。谁要你一直看我呢。你也挺奇怪的。比起我们聊天的时候,你只在我独自发呆的时候才会那么认真地看着我。为什么啊?"

我低下头,紧紧闭上眼睛。我决定要对他说实话,便颤抖着声音开口了。

"因为我喜欢你。担心你。"

"担心我什么?"

"不知道。跟我聊天的时候,我能逗你笑,但是你一个人的时候,谁来逗你笑呢?"

千生面露困惑,没有说话。我有点担心他生气了,就问:

"你生气了?怪我多管闲事了?"

"怎么会!"

他摇摇头。

"我也喜欢亚纪。"

"真的吗?为什么?"

"你要问我为什么,我还真回答不上来。亚纪是个奇怪的人,说什么对我的眼睛有熟悉的感觉。你现在也这样想吗?"

"我不想这样想。"

"为什么?"

"因为我害怕。"

干生搂住了我。我们走在黄昏里,公园有好几对恋人,我觉得我和干生是最哀愁的一对。我们还太小了,小得无从谈论情爱。除了拥抱彼此,我们不知该做什么好。我们只知道,我们喜欢彼此。

"天黑得越来越早了。"

"嗯。不过天气越冷,傍晚的天空就越好看。我并不讨厌变冷。你呢?"

"我讨厌冷,因为有种寂寞的感觉。不过现在就很好，以后也会好的。虽然我很怕冷，但是能吐出白色的气息，证明我的身体是热的。"

我险些落下泪来。今后无论发生什么，我都不想让干生感觉到寂寞。他的眸子依旧像蒙着一层泪水，但那绝不是走神的泪水。肯定是因为我的存在，他才湿润了眼眸。

"学园祭，加油哦。"

"嗯，毕竟是最后一次了。结束后，我们就要开始专心复习考试了。干生准备考什么学校？"

"老实说，我已经放弃读高中了。因为我家很穷。不过现在我又觉得可以了。说不定真的能考上。何况我还能出去打工呢。"

我碰了碰干生的手。他握住我的手，塞进了自己的外套口袋里。我们看着彼此，笑了起来。他不好意思地说：

"我口袋有点小……"

我加重了手上的力道。我们很幸福。我们都在笑。

我回到家,母亲正在准备晚餐,还哄着闹脾气的妹妹。我还担心家里会问我怎么回来得这么晚,但他们好像顾不上这个。

"欸,老大回来啦。我都快愁死了。"

"怎么了?"

妹妹迫不及待地跑到我身边说:

"姐姐,你也帮我求求妈妈吧。今天新宿的百货公司门口开了一家店,在卖小兔子。它们特别可爱。真利子想要小兔子!!"

我翻了个白眼,转身就要上二楼换衣服。我心里根本顾不上考虑什么小兔子。干生那只手的触感像甜美的毒药一样弥漫到我的全身,让日常生活的一切都变得甚是无趣。

"姐姐,你就帮我求求妈妈吧。我们一起养小兔子。"

妹妹带着哭腔恳求着。母亲实在听不下去,开始大声斥责她。

"你够了!!之前你也撒泼打滚要我买祭典上的小鸡,结果不是养死了吗?你还记得小鸡当时那张脸吗?明明不会照顾,还要买回来。我再不要帮你收拾残局了!!"

我忍不住回头,看着母亲的脸。

"老大,你怎么了?"

我觉得自己必须开口,但是发不出声音来。

"身体不舒服吗?"

我努力摇了摇头,只觉得心里淤堵的东西,突然化开消失了。

"妈妈，那小鸡……"

"对啊，你也记得吧。真利子这孩子，实在太任性了。那小鸡死前的样子多可怜啊。"

我紧紧攥住了刚才被握着的手，指甲都陷进了掌心的肉里。与此同时，我想起了那双熟悉的眸子。原来是这样啊。千生的眸子之所以让我的记忆为之震荡，是因为小鸡的眼睛啊。

那时，小鸡似乎预料到了自己的死亡，一直瞪着那双澄澈的眸子。它注视着空气中的某个点，在我手心里静静地等待那一刻的到来。我看着它，不知为何心里竟涌出一阵恐惧。那双眼睛似乎看见了所有，又好像什么都没有在看。小鸡应该不会思考自己的死亡。但是，死亡确实笼罩了小鸡。母亲和妹妹都伤心地耷拉着肩膀，但只有我一直守在小鸡身边。我就像着了魔似的，看着那小小的生命拼尽最后的力量瞪大眼睛。我感到很不可思议。那时我还不知道"谛观"这个词,但我注视着小鸡的眼睛,觉得它就是在想这个。

"那是因为小鸡从一开始就没打算活下去啊,妈妈。小兔子肯定没问题的。我绝对会好好照顾它。"

妹妹的声音让我回过神来。我跑上二楼,心跳如雷。我坐在床上,甩了甩脑袋,试图甩掉回忆中那双小鸡的眼睛。可是,干生的眼睛又浮现在脑海中,再也甩不掉了。什么熟悉感。我从一开始就被他的眸子吸引了。然后,因为太害怕,我喜欢上了他。那是双注视着死亡的眸子。那个人已经有所预感了。但我能为他做什么呢?小鸡很久以前就死去了。

那天夜里,我做了很多梦,每次都被自己的

叫声惊醒。梦中小鸡的眼睛一直纠缠着我,直到天亮。我仿佛一夜之间看尽了所有恐惧,感到身心俱疲。母亲以为我感冒了,让我保重身体,别去上学了。我骗她说那天有很重要的课程,拖着沉重的脚步走出了家门。我有一种可怕的预感,所以不能请假。

从那天起,干生就没有再来学校。一大早就有同学议论,说他父亲因为难忍病痛而自杀,还拉着他一起走了。不过大家都顾虑着我的心情,没有把事情闹大。其实我并没有他们想的那样倍受打击。我甚至觉得,自己从见他第一面起,就知道会有今天的事情。

两三天后,班主任老师亲口证实了那个消息。他让我们默哀,所有人都闭上了眼睛。唯有我在默哀途中悄悄睁开了眼。我在那个年龄就知道了人的无奈，彻底消沉了下去。那天在公园，他的确表现出了生的欲望。他紧紧地握住了我的手啊。那是我有生以来头一次碰到的，对待人生如此严肃的人啊。想到这里，我内心感到惋惜，忍不住哭了起来。谁也没有对我说什么。我也不知道该说些什么。死亡是一件让人憎恨的事情。我这样想着，止不住地哭泣。

后来，我又碰见过几次小鸡的眼睛。在大街的人群中，或是在电车里。每一次，我都十分为难。我攥紧自己的手，心里突然生出一股冲动，不由得慌乱起来。我想问那个人：莫非，你在注视死亡吗？

后　记

　　小时候，因为父亲的工作调动，我搬去过好几个地方小城。我清楚地记得每一个地方的样子。小孩子不会对当地的名产和名胜感兴趣，所以我的记忆总是伴随着那些地方季节变换的模样。自然教会了我很多事情。如果有人问我，哪些经历对我成为作家有所帮助，我会马上回答：幼时与季节的懵懂嬉戏，便是我最大的助力。

　　让我印象最深刻的，是在静冈县磐田市居住

的那几年。我恐怕一辈子都忘不掉在那里经历过的大事小事。自然、人际关系和时间的流动，这一切都张开双臂将我纳入怀中，让年幼的我感觉到了今后的世界在所有意义上都会变得非凡。时代造就繁荣，父亲的公司周围有一圈爬满了蔷薇的围墙，夜晚的喷泉变换着不同颜色的灯光。我是所谓的城里的孩子。但是在学校的见闻让我意识到，那是一个偏颇的世界。在漫长的上学路上，我看见了许多前所未见的事物。蜜瓜温室、烟草田、大片大片的紫云英。散发着清香的茶田、走向墓地的送葬队伍、一排排的霜柱。还有，在那片土地上生活的人。自然的种类和人们的样貌都给我留下了极其深刻的印象。也是在那时候，我知道了人会在最意料不到的时刻体验痛心和欢乐。

这本短篇集的灵感，就是来自那个时期的我

用稚嫩的心体验过的一切。在那个时候，我自然而然地掌握了重新审视自身渺小的方法，而且直到现在，那个我依旧活在我的内心深处。面对眼前的纸笔，我让自己沉浸在五味杂陈的乡愁之中，只属于我的宝箱自动开启。希望、绝望、后悔的记忆散发着不同季节的空气的气息，让我的心中充满淡淡的悲伤。我努力将那些细微的感情变化融入作品，希望能传达给各位读者。

在每一个短篇的创作过程中，责编中岛君和森山小姐都给了我很大的帮助。在这里我要由衷地表示感谢。另外，负责策划这本书的出版部川端小姐，还有设计出漂亮装帧的山本容子小姐，也谢谢你们。

1991年9月5日

山田咏美